J. D. H. Temme

Der Gefangene der Stadtvoigtei

Berliner Criminal-Novellen

J. D. H. Temme

Der Gefangene der Stadtvoigtei
Berliner Criminal-Novellen

ISBN/EAN: 9783741125058

Hergestellt in Europa, USA, Kanada, Australien, Japan

Cover: Foto ©Andreas Hilbeck / pixelio.de

Manufactured and distributed by brebook publishing software
(www.brebook.com)

J. D. H. Temme

Der Gefangene der Stadtvoigtei

J. D. H. Temme's
Criminal-Novellen.

Band 7.

Der Gefangene der Stadtvoigtei.

Erste Abtheilung.

Berlin, 1861.
G. Behrend (Falckenberg'sche Verlagsbuchhandlung.)

Der
Gefangene der Stadtvoigtei.

Berliner Criminal-Geschichte

von

J. D. H. Temme.

Erste Abtheilung.

Berlin, 1861.
G. Behrend (Falckenberg'sche Verlagsbuchhandlung.)

Ein Gefangener.

Seit den nachfolgenden Begebenheiten sind über zwanzig Jahre verflossen. Eine nähere Angabe der Zeit wolle der geneigte Leser nicht von mir fordern. Die Gründe werden ihm von mancher Seite her klar werden, mag er das Erzählte für wahr oder für nicht wahr halten. Ob es wahr sei, er wird es ja auch schon herausfinden. —

In einer Zelle der Stadtvoigtei zu Berlin saß ein einzelner Gefangener.

Es war Abend. In der Zelle herrschte Dunkelheit, rund umher tiefe Stille. Der einsame Gefangene mußte hier in einem sehr abgelegenen Theile des weitläufigen und in fast wunderlicher Unordnung zusammengebauten Berliner Gefangenhauses untergebracht sein. Man hörte in der Nähe keinen Laut, aus der Ferne kam kein Geräusch herüber. Nicht einmal ein einzelner Schritt verlor sich hierher; der Verkehr des Gefängnisses mußte sehr fern sein.

In der Zelle war es eben so still wie dunkel.

Der Gefangene lag auf einem Lager ausgestreckt; dem Anscheine nach ruhig. Er bewegte sich nicht, seine Lippen waren stumm.

War seine Ruhe Gemüthsruhe? War sie Wir-
kung der Gewohnheit? War sie Stumpfsinn? War
es noch etwas Anderes? Ein einsamer Gefangener
in einer so einsamen, abgelegenen Zelle in einem großen, weitläufigen, in der Regel von mehr als fünf-
hundert und oft von siebenhundert Gefangenen bewohn-
ten Gefangenhaufes, wie die Berliner Stadtvoigtei,
kann auch wohl einmal vergessen werden, auf einen,
auf zwei, auf drei Tage — sein Rufen und Schreien
in dem entlegenen und vergessenen Versteck, hinter den
dicken Mauern, den doppelten Eisenthüren erreicht kein
menschliches Ohr. Am vierten Tage fällt der Unglückliche dem saumseligen Gefangenwärter wieder ein; aber
am vierten Tage ist es zu spät. Der Vergessene ist
nun auch todt. Für die Welt war er es schon lange,
schon so lange, als er Gefangener war. Nur der
säumige Gefangenwärter, der ihn und seine Zelle zu
beaufsichtigen hatte, und der Polizei-Inspector, von
dem er eingeliefert war, wußten etwas von ihm.
Vielleicht erinnerte sich auch der Polizei-Präsident
seiner und seiner Einlieferung noch, vielleicht auch
nicht.

Gleichviel, die Gefahr, in solcher Weise vergessen
zu werden, in dem Grabe der Lebenden schon, um
namenlos in die Gruft der Todten geworfen zu werden, kann auch, wenn sie zum Bewußtsein kommt, einem
festen und starken Menschen wohl die Ruhe des Ge-
müths rauben.

Der Gefangene, von dem ich hier rede, schien sie
nicht fürchten zu dürfen oder nicht zu fürchten.

Freilich, Gefangene, die einzeln in einem abgelegenen und abgeschiedenen Theile eines Gefangenhaufes
eingesperrt sind, pflegen gerade absichtlich so untergebracht zu werden, und wenn das geschi'' '· ·̇ ·-· ·̇·
gewöhnlich auch Personen von besonde:
die man nicht vergißt, man möchte sie
besondern Gründen vergessen wollen.

Doch dies geschieht, soviel ich weiß, in Deutsch-
land nicht.

Die Ruhe und Stille in der abgelegenen Zelle
wurde unterbrochen. Zwei Schritte naheten sich ihr.
In dem Schlosse der äußeren Thür der Zelle wurde
dann ein Schlüssel umgedreht. Die Thür wurde
geöffnet. Der Schlüssel drehte sich in dem Schlosse
der inneren Thür. Ein schwerer Riegel wurde noch
zurückgeschoben. Auch die innere Thür war geöffnet.

Der Gefangene war gut und sicher verwahrt hinter der Doppelthür.

Es trat nur eine Person in die Zelle.

Die zweite war zurückgeblieben, zur Wache, man
hörte draußen im Gange die auf= und abgehenden
Schritte.

Der Eintretende trug eine Laterne. Sie beschien
hell die Zelle. Auch den Eintretenden selbst. Er war
ein Mann in den mittleren Jahren, mit einem klugen
verschlossenen Gesichte.

Der Raum, den seine Laterne beschien, war eine
gewöhnliche, enge Stadtvoigteizelle mit vier nackten
weißen Kalkwänden, einem niedrigen und schmalen
vergitterten Loche, das als Fenster diente, einer hölzernen Pritsche zum Liegen, einem runden Klotze zum
Sitzen und einem kleinen Tische zum Essen. Doch
war noch ausnahmsweise ein hölzerner Stuhl da, und
auf der Pritsche lag keine Strohmatratze, sondern ein
vollständiges Bett.

Der Gefangene mußte etwas ganz Besonde-
res sein.

Und in der That, das zeigte auch seine Erscheinung.

Er richtete sich bei dem Eintreten seines Besuchers
auf, langsam, zuerst nur halb, dann, nachdem er den
Besucher mit einem gewissen nachsinnenden Stolze angesehen hatte, in seiner vollen Gestalt.

Es war eine hohe, stolze Gestalt, kräftig, breit-
schulterig, und doch schlank und in den Bewegungen

1*

leicht, elegant, vornehm. Das sehr blasse Gesicht war
schön; die Nase aristokratisch gebogen; der Blick des
großen, schwarzen, glänzenden Auges lebhaft und stolz;
der rabenschwarze krause Vollbart erhöhte den muthi-
gen, kühnen Ausdruck des Gesichts.

So stand ein junger Mann von achtundzwanzig
bis dreißig Jahren vor dem Eingetretenen.

Das kluge und verschlossene Gesicht des Letzteren
blieb unbeweglich. Er zog die innere Thür hinter sich
zu. Darauf stellte er seine Laterne auf den kleinen
Tisch. Dann wandte er sich an den Gefangenen.

Guten Abend!

Der Gefangene nickte vornehm mit dem Kopfe.
Ein Wort des Dankes oder Gegengrußes hatte er
nicht.

Auch der Andere schwieg. Er sah in der Zelle
umher, dem Anscheine nach nur flüchtig, aber mit
desto schärferem Blick. Er schien nichts zu finden,
was ihm auffiel. Er hatte aber noch mehr hier zu
thun. Er trat vor den Gefangenen, er sah ihn
fragend an, ein paar Secunden lang stumm. Dann
fragten auch seine Lippen.

Sie haben mir nichts zu sagen?

Der Gefangene antwortete mit einem stolzen, fast
verächtlichen Kopfschütteln. Eine andere Antwort hatte
er wieder nicht.

Der Besucher blieb unveränderlich ruhig. Nur
ein wenig mehr erhob er die Stimme, als er fort-
fuhr:

Ich denke, Sie müßten sich doch nachgerade überzeugt haben, wie sehr Ihr eigenes Interesse es fordert, endlich die Antwort zu geben, die man von Ihnen
haben muß.

Des Gefangenen Gesicht nahm einen verächtlicheren
Ausdruck an. Er sann fast eine halbe Minute nach,
ob er antworten sollte. Er konnte sich zu einer Erwiderung entschließen.

Mein Herr, sagte er, indem er die deutschen Worte mit jenem frembartigen Accent aussprach, der den deutschen Bewohnern der russischen Ostseeprovinzen, aber auch den Slaven eigenthümlich ist, mein Herr, ich meinerseits meine, Sie müßten sich längst überzeugt haben, daß alle Ihre Künste an meinem festen Willen und an meiner Ehre scheitern.

Der Andere griff Ein Wort dieser Erwiderung auf; nicht den Vorwurf, daß er sich Künste erlaube.

An Ihrer Ehre, mein Herr? fragte er etwas höhnisch.

Der Gefangene blieb in seinem ruhigen Stolze.

Der Hohn gehört zu Ihren Künsten, mein Herr. Er trifft mich nicht.

Der Besucher wurde wieder ganz kalt.

Es ist das Ihre Auffassung, mein Herr. Indeß bedenken Sie, daß kein Mensch in der ganzen Welt von Ihrem hiesigen Aufenthalte weiß.

So? fragte diesmal spöttisch der Gefangene.

Ja, mein Herr, bestätigte der Besucher, Sie sind hier lebendig begraben. —

Seit acht Wochen, fiel der Gefangene ein.

Richtig, seit acht Wochen. Und außer mir weiß Niemand von Ihnen und Ihrem Grabe.

Durch das Gesicht des Gefangenen flog nochmals ein leiser Zug von Spott. Seine Lippen schienen wieder eine höhnische Bemerkung zu haben. Er unterdrückte sie.

Fahren Sie fort, sagte er kalt. Sie hatten mir noch etwas zu sagen. Oder besser, Sparen Sie Ihre Worte, Sie belästigen mich damit. In der That, Sie würden mir eine Gefälligkeit erzeigen, wenn Sie mich künftig mit jeder Rede verschonen. Ihre täglichen Besuche werde ich freilich auch ferner annehmen müssen; sie gehören wohl zu Ihrem Amte, und für Ihr Amt werden Sie bezahlt. Gute Nacht, mein Herr.

Er ging zu seinem Lager zurück und streckte sich behaglich aus.

Der Beamte schien doch etwas gereizt zu sein.

Sie vergessen, mein Herr, sagte er, daß man Ihnen hier manche Bequemlichkeiten eingeräumt hat.

Der Gefangene sah sich mit einem etwas sonderbaren Blick in der engen, kahlen Zelle um. Er sagte nichts.

Und daß man sie Ihnen wieder nehmen kann.

Der Gefangene antwortete leicht:

Die Polizei kann Alles.

Ja, mein Herr, auch die Todten ruhen lassen.

So? fragte spöttisch der Gefangene wieder.

Weiter sagte er nichts.

Der Beamte nahm seine Laterne und verließ die Zelle.

Die Doppelthür wurde sorgfältig hinter ihm verschlossen.

Zwei Schritte entfernten sich von der Zelle.

Als sie nicht mehr gehört wurden, erhob sich der Gefangene von seinem Lager.

Er ging in der engen und schmalen Zelle hastig auf und ab. Nach einer Weile blieb er manchmal horchend an der Thür stehen. Er schien ungeduldig auf etwas zu warten.

Seine Ungeduld und seine Erwartung sollten befriedigt werden.

Es nahete sich wieder etwas der Zelle. Diesmal war es ein einzelner Schritt. Er hielt vor der Thür an. Unmittelbar darauf wurde die Thür geöffnet.

Ein großer, kräftiger, finsterer Mann trat in das Gemach. Seine Haltung war eine militairische. Er war in der blauen Uniform der Gefangenwärter der Stadtvoigtei. Er trug in der Hand eine kleine sogenannte Diebeslaterne. Sein Arm war mit Kleidungsstücken behangen.

Er stellte die Laterne auf den kleinen Tisch. Die Kleidungsstücke legte er auf das Bett.

Vorher hatte er von diesem die Decke weggenommen. Mit dieser bedeckte er das schmale niedrige Fenster.

Dann kehrte er zu der Laterne zurück. Sie war nur für einen schwachen Lichtschimmer geöffnet. Er öffnete sie ganz. Sie verbreitete einen hellen Schein durch das enge Gemach.

Der Gefangenwärter hatte das Alles schweigend verrichtet. Schweigend entfernte er sich auch wieder. Aber er lehnte die Thür nur hinter sich an, und seinen Schritt hörte man sich nicht entfernen. Er war vor der Zelle stehen geblieben.

Nachdem er das Gefängniß verlassen hatte, begann der Gefangene rasch, seiner Gefängnißkleidung sich zu entledigen und die Kleidungsstücke anzulegen, die der Gefangenwärter auf das Bett gelegt hatte.

Nach wenigen Minuten stand er in dem vollständigen braunen, berußten Anzuge eines Schornsteinfegers da. Die Hände waren von braunen Handschuhen bedeckt. Nur das Gesicht war noch weiß; aber der schwarze Bart und die Kappe des Essenkehrers verdeckten es zum größten Theile.

So trat er in die Thür der Zelle.

Dem vor ihr wartenden Gefangenwärter warf er einen Wink zu.

Der Mann kehrte in die Zelle zurück, holte die Laterne, schob ihre Klappen wieder dichter zusammen, daß man nur den schmalsten Lichtstreifen sah, und schloß die Doppelthür der Zelle zu. Die Schlüssel ließ er in den Schlössern stecken.

Er hatte auch das Alles schweigend gethan, während der Gefangene schweigend an der Thür stehen geblieben war. Beide sprachen auch ferner kein Wort mit einander.

Sie waren in einem schmalen Gange, der nach

rechts wie nach links nur wenige Schritte lief. Die Zelle lag in einem der vielen bald vorspringenden, bald zurückgebauten Winkel des weitläufigen Stadtvoigtei=gebäudes. Der Winkel mußte sich an einem der ent=ferntesten Ecken des Hauses befinden. Man hörte auch draußen in dem Gange kein Geräusch, es herrschte eine Grabesstille, wie in der Zelle selbst.

Nur eine Thür war zu sehen, die, aus welcher der Gefangene herausgetreten war.

Der Gefangene schien auf Alles wenig zu achten. Der Gefangenwärter achtete nur auf den Gefan=genen. Er musterte dessen Anzug. Er schien nichts zu erinnern zu finden.

Er setzte sich in Bewegung.

Der Gefangene folgte ihm.

Sie gingen Beide in gewöhnlichem Schritt.

Wer ihnen begegnet wäre, hätte einfach denken müssen, der Schornsteinfeger habe im Gebäude eine Arbeit zu verrichten gehabt, von welcher der Gefangen=wärter ihn abgeholt habe, um ihn aus dem Gefan=genhause hinaus zu lassen.

Es begegnete ihnen aber Niemand. Es war spät Abends und in einem Gefängnisse tritt die Nachtruhe schon am frühen Abend ein.

In jene entlegene Gegend des Gebäudes schien überhaupt selten Jemand zu kommen. In dem Gange brannte keine Laterne, an seinem Ende standen keine Schildwachen.

Dunkel und still und leer war es auch weiter auf dem Wege, den der Gefangenwärter und sein Gefan=gener nahmen.

Jener war mit seiner Diebeslaterne der Führer. Der Gefangene hielt sich unmittelbar hinter ihm.

Das Ende des kleinen Ganges hatten sie bald er=reicht. Sie kamen in einen neuen Gang. Es war mehr ein Winkel, kaum zehn Schritte lang, nicht mehr als drei breit, in krummer Linie sich fortziehend. Sie durchschritten ihn. Eine hölzerne Wendeltreppe führte die beiden schweigsamen Nachtwandler der Stadt= voigtei hinunter.

Noch zweimal kamen sie an engen, dunklen Löchern, ähnlichen Winkeln vorüber, die in die Treppe mündeten. Sie achteten nicht darauf. Es mußte hier ebenso menschenleer sein, wie da oben, von wo sie kamen.

Endlich waren sie in einem kleinen Flur, dessen Fuß= boden mit Steinen gedeckt war. In der Mauer war ein niedriges Fenster. Eine Laterne brannte auch hier nicht. Aber man vernahm ein Geräusch, freilich nur ein sehr leises. Durch das Fenster drang der Ton eines rauschenden Wassers.

In einer andern Mauer war eine Thür. Auf diese gingen sie zu.

Der Gefangenwärter zog einen Schlüssel aus seiner Tasche. Er schloß die Thür ganz leise auf.

Vorher hatte er gehorcht. Es war überall nichts zu hören, als das Rauschen des Wassers. Er horchte noch einmal, als die Thür offen war. Es blieb still.

Er schritt durch die Thür.

Draußen hemmte er seine Schritte.

Erst als er sich dann nach allen Seiten umgesehen hatte, wandte er sich mit einem Winke nach dem Ge= fangenen zurück, und nun trat auch dieser aus der Thür hervor.

Sie waren unter freiem Himmel, in einem engen, dunklen Raume.

Es war eine Art von Hofraum. Er bildete ein unregelmäßiges längliches Viereck. Von der einen Seite begrenzte ihn das hohe Stadtvoigteigebäude, aus dem die Beiden herausgetreten waren. Gerade gegen= über lag ein niedrigeres Gebäude, eine Remise oder Scheune, wie es schien. Die beiden andern Seiten waren von hohen Mauern eingefaßt.

Jenseits der Mauer rechts war das Rauschen des

Waffers im Freien deutlicher zu hören. Die Spree,
— denn sie hörte man — mußte den Fuß der Mauer
fast unmittelbar bespülen.

Sonst war kein Laut umher zu vernehmen.

Auch keine Schildwache war in dem engen Hofraum, ein Beweis, wie abgelegen und wenig besucht
auch diese Gegend des großen Gefängnißgebäudes war.

In den beiden Mauern, die den Platz einfaßten,
war keine Thür zu sehen. Man mußte um so mehr
neugierig sein, wohin die beiden Wanderer ihre Schritte
weiter lenken würden.

Sie schritten auf das niedrige Nebengebäude zu.
In diesem befand sich in der Mitte ein großes
Thor. Daneben war eine kleinere Thür.

Sie wandten sich zu der kleineren Thür.

Einen Schlüssel, sie zu öffnen, hatte der Gefangenwärter schon hervorgezogen. Aber, wie er ihn in das
Schloß stecken wollte, gab die Thür nach. Sie war
nicht verschlossen gewesen.

Der Gefangenwärter stutzte.

Teufel, was ist das? fragte er leise.

Es waren die ersten Worte, die er sprach.

Dann gab er schnell seinem Begleiter einen Wink.

Beide kehrten rasch und leise zu der Thür des
Gefängnißhauses zurück, aus der sie gekommen waren.
Sie hatten die Thür vorhin hinter sich angelehnt.
Sie traten in das Innere des Hauses. Der Ge-
fangenwärter verschloß fest seine kleine Diebeslaterne.
Sie standen in völliger Finsterniß.

Es ist nicht richtig da drüben, sagte er dann zu
seinem Begleiter. Ich muß nachsehen, was es ist.
Bleiben Sie unterdeß hier. Wenn Sie mich laut
sprechen hören, so kehren Sie zu Ihrem Gefängnisse
zurück. Die Schlüssel habe ich in den Schlössern ge-
lassen. Sie werden doch den Rückweg finden?

Ja, antwortete der Gefangene kurz.

Der Gefangenwärter ging zu dem Nebengebäude

zurück. Er öffnete im Gehen seine Laterne wieder. Der Gefangene lehnte sich an den Thürpfosten und sah ihm ruhig nach. Das Licht der Laterne verschwand im Innern des Nebengebäudes.

Der Gefangene bog sich etwas vor, um zu horchen, hörte aber nichts.

Nach ungefähr zehn Minuten kam der Gefangenwärter zurück. Es war nichts, sagte er. Wir können weiter gehen.

Hattet Ihr Verrath gefürchtet? fragte ihn der Gefangene.

Ich mußte daran denken. Die Thür ist immer verschlossen. In dem alten Schuppen hat in Jahr und Tag kein Mensch etwas zu thun. Es werden nur alte, verbrauchte Sachen darin aufbewahrt, die irgend einmal verkauft werden sollen.

Ihr fandet nichts?

Gar nichts. Ich leuchtete überall umher. Es war keine Spur zu finden, daß Jemand nur da gewesen sei. Ich hörte auch nichts.

Was denkt Ihr denn?

Es muß doch Jemand da gewesen sein, um nachzusehen, ob noch Alles in Ordnung sei. Es geschieht das wohl alle Jahre. Man hat nachher vergessen, abzuschließen. Von Werth wird ja nichts dort aufbewahrt. Kommen Sie.

Der Gefangene fragte nicht weiter.

Sie gingen wieder zu dem Nebengebäude und traten durch die noch offene Thür.

Die Laterne zeigte im Innern geordnete Reihen von allerlei altem Hausgeräth: Matratzen, Bettstellen, Stühlen, Tischen und so weiter. Durch sie hindurch führte in der Mitte ein schmaler Weg. Sie schritten darauf zu einem kleinen Pförtchen.

Der Gefangenwärter öffnete es mit einem Schlüssel.

Man sah durch die Oeffnung ins Freie, in eine dunkle, enge Gasse.

Der Gefangene konnte durch die Oeffnung ins Freie hinaus treten. Er wollte es. Er war dann frei. Keine Fessel, keine Mauer, keine Wache der Stadtvoigtei, in welcher jener Beamte ihn wie in einem Grabe meinte, hielt ihn mehr. Er war frei in der großen, weiten Stadt Berlin, unter dem Schutze der dunklen Nacht.

Der Gefangenwärter hielt ihn zurück.

Einen Augenblick, Herr.

Was giebt's?

Ich muß sehen, ob es draußen sicher ist.

Der Gefangenwärter ging mit wieder festverschlossener Laterne in die Gasse.

Der Gefangene blieb zurück. Er schien doch wieder zu horchen; nach der Gasse, nach dem Gefangenwärter hin, den er nicht sah.

Auf einmal hörte er ein Geräusch; aber nicht draußen. Im Innern der alten Remise, nicht weit von der Stelle, an der er stand, war es, als wenn zwischen den alten Matratzen und Stühlen sich etwas bewege. Ein Rascheln vernahm er ganz deutlich.

Aengstlich, feige war der Gefangene nicht. Er wandte sich ruhig nach jenen alten Stühlen und Matratzen um. Sein Auge sah in der Finsterniß nichts. Er hörte auch nichts mehr.

Eine alte Ratte! sagte er für sich.

Er wandte sich wieder nach der Straße, die Rückkehr des Gefangenwärters zu erwarten.

Der Gefangenwärter kam zurück.

Es ist alles sicher, Herr.

Der Gefangene wollte gehen.

Um welche Zeit? fragte ihn der Wärter noch.

Wie viel Uhr haben wir jetzt? fragte der Gefangene zurück.

Bald eilf.

Um drei —

Er ging. Er war im Freien. Er war frei.

Die Gasse, in der er sich befand, war schmal und eng, hatte auch nur eine kurze Ausdehnung. Rechts endete sie schon nach zwanzig Schritten an dem Ufer der Spree, die dort vorbei floß.

Der befreite Gefangene ging nicht dort hin. Er wandte sich nach links. Funfzig Schritte brachten ihn auf den Molkenmarkt.

Die gewöhnliche Laterne brannte vor dem Polizei= präsidium und dem Criminalgerichte zu Berlin. Aber es war todt und still auf dem Platze.

Um eilf Uhr in der Nacht sind die Straßen und Plätze der großen Residenz Berlin todt und still, und in die Nähe der Polizei und der Criminalbehörde wagen sich auch die Berliner Diebe nicht gern.

Der Gefangene — nennen wir ihn noch so — ging mit gemessenem, ruhigem Schritt an den beiden Gebäuden der Justiz und Polizei und an ihren Schild= wachen vorüber. Dann ging er schneller. Er schien Eile zu haben. Er durchschritt links die Königsstraße, überschritt die lange Brücke, den Schloßplatz, Schloß= freiheit, die Schloßbrücke. Er war unter den Linden.

Dort, in dem vornehmsten, elegantesten und beleb= testen Theile Berlins, blieb er vor einem großen, vor= nehmen, eleganten Gebäude stehen. Er zog eine Klin= gel, die sich neben dem Einfahrtsthore befand.

Gleichzeitig klatschte er leise mit der Hand. Eine kleinere Thür in dem Thore öffnete sich. Ein Bedien= ter trat heraus, mit einem Mantel auf dem Arme.

Guten Abend, gnädiger Herr! sagte der Diener zu dem gewesenen Gefangenen.

Er hing ihm über die Schornsteinfegerkleider einen weiten Mantel. Beide verschwanden dann durch die Thür, die sich hinter ihnen wieder verschloß.

Auf den „Gensdarmenthürmen" hatte es gerade elf Uhr geschlagen.

Ein Mädchen für Alles.

Eine Minute später traten Herr und Diener in ein sehr bequem und elegant eingerichtetes Zimmer. Eine große Astrallampe erleuchtete es hell. Sie hatte wohl schon auf ihren Herrn gewartet.

Der Gegensatz dieses reichen, wohnlichen Gemachs gegen die kahle, nackte Zelle der Stadtvoigtei, war allerdings ein großer.

Wir erlebten es in neueren Zeiten, daß Männer unmittelbar aus den Kabinetten der Könige in das Zuchthaus geworfen wurden; ein Umschlag der Dinge brachte sie dann freilich wieder eben so unmittelbar aus dem Zuchthause in das Kabinet des Königs. Es hatte da ein politischer Umschlag der Dinge stattgefunden. Nicht immer mit dem Willen der Könige. Manche blieben auch im Zuchthause, wenn nicht fremdes Land sie aufnahm.

Zu jener Zeit war es indeß noch nicht so. —

Nichts angekommen? fragte der Gefangene der Stadtvoigtei den Diener.

Nur diese Einladung.

Der Bediente nahm von einem kleinen Marmortische ein Billet und überreichte es dem Herrn.

Der Herr las es.

Vom Grafen Tichy! Zu heute Abend!

Der gnädige Herr werden hingehen? fragte der Bediente.

Ja.

Ich habe für den Fall die Kleider des gnädigen Herrn zurecht gelegt.

Gut.

Der Gefangene ließ sich den Mantel abnehmen. Er entledigte sich dann mit Hülfe des Dieners seiner Bekleidung als Essenkehrer und warf sich in den elegantesten Gesellschaftsanzug. Es war ein vollendet schöner Mann.

Ist die Droschke angespannt? fragte er, als er fertig war.

Zu Befehl.

Den Mantel!

Der Diener hing ihm über die elegante Kleidung den Mantel.

Beide verließen das Zimmer.

Unten im Hausflur stand eine hübsche, leichte Droschke, mit einem stolzen, schnaubenden Rappen bespannt. Ein Stallknecht hielt das Pferd. Der Gefangene der Stadtvoigtei setzte sich in die Droschke. Sein Bedienter nahm den Bock ein und ergriff die Zügel des Pferdes. Der Stallknecht ging, das große Einfahrtsthor zu öffnen.

Zum Dönhofsplatz! befahl der Herr dem Diener, der jetzt den Kutscher machte.

Das Thor war geöffnet. Die Droschke fuhr hinaus. Sie bog in die Friedrichsstraße ein; dann in die Leipzigerstraße. Am Dönhofsplatze hielt sie.

Der Gefangene stieg aus. Er ging einige Schritte zurück, in die Jerusalemerstraße hinein.

An einem Hause, dessen Kellerfenster hell erleuchtet waren, blieb er stehen.

Er horchte nach den hellen Fenstern hinunter. Es schien viel Leben da unten zu sein. Man hörte Gläserklirren. Lachen, Singen, von Männer= wie von Frauen.

Der Gefangene ging ganz dicht unter den hellen einmal auf und ab. Dann trat er auf die

Seite in das Dunkel zurück und wartete auf etwas. Gleich darauf kam ein Mann aus der Thür des Kellers hervor. Er sah sich vorsichtig um, bemerkte den Gefangenen und ging auf ihn zu.

Fertig? fragte ihn der Gefangene.

Fertig, war die Antwort.

Um welche Zeit?

Um ein Uhr.

Wohl. Ihr habt für Alles gesorgt?

Ja.

Adieu bis um Eins.

Bis um Eins.

Der Mann kehrte in den Keller zurück, der Gefangene zu seiner Droschke.

Zur Marschallsbrücke! sagte er zu seinem Kutscher. Aber schnell.

Er setzte sich in den Wagen.

Der Kutscher drehte, fuhr in die Leipzigerstraße zurück, bog rechts in die Wilhelmsstraße ein, durchschritt den Pariser Platz, fuhr durch die neue Wilhelmsstraße, über die Marschallsbrücke und hielt am Eingange der Louisenstraße.

Der Herr stieg aus.

Du hältst hier zehn Minuten, sagte er zu dem Kutscher. Dann fährst Du im langsamen Schritt zum Karlsplatze und wartest dort auf mich. Aber nur bis drei Viertel auf Eins. Sollte ich bis dahin nicht da sein, so kehrst Du rasch und ohne Aufenthalt nach Hause zurück.

Zu Befehl, gnädiger Herr, sagte der Kutscher.

Der Gefangene der Stadtvoigtei ging in die Louisenstraße hinein. Nachdem er an zehn bis zwölf Häusern vorübergegangen war, hielt er an einem großen Hause an.

Einzelne Fenster desselben waren noch erleuchtet, mochte er es auch nicht erwartet haben. Auffallendes schien er nicht darin zu finden. Er schritt nä=

her zu der Thür des Hauses, erfaßte die Thürklinke, um zu versuchen, ob die Thür verschlossen sei. Sie war nicht verschlossen. Er öffnete sie leise.

Er wurde aufgehalten.

Von der andern Seite der Straße kam haftig ein Schritt heran. Der Gefangene hörte ihn. Er sah sich nach ihm um. Er trat zugleich ein paar Schritte zurück.

Er sah einen großen, kräftigen Mann eilig auf sich zukommen.

Eine entfernte Straßenlaterne an der Ecke des Karlsplatzes brannte noch. Sie warf ihren ungewissen Schein bis zu dem Hause, vor dem der Gefangene stand, dem der große, kräftige Mann sich eilig nahete. Der Schein traf die beiden Männer.

Der Gefangene stutzte plötzlich. Er schien den Nahenden zu erkennen. Seiner Ueberraschung schien Schrecken zu folgen. Er hatte schon vorher den Hut tief in das Gesicht gerückt. Er hüllte das Gesicht jetzt auch noch in den Mantel.

So sprang er rasch in das Haus. Die Thür schlug er eben so rasch, aber mit fester, sicherer Hand, so daß sie kein Geräusch machte, hinter sich zu. In diesem Augenblicke erst erreichte der Andere sie.

War er es? fragte der Mann sich halblaut.

Er stand ein paar Sekunden unschlüssig.

Zum Teufel, ich muß es wissen! sagte er dann entschlossen.

Er wollte die Thür öffnen. Es war zu spät. Sie war von innen verschlossen.

Er knirschte wüthend mit den Zähnen.

Das hörte der Gefangene noch, der in dem Hause an der Thür stehen geblieben war. Er verzog den Mund zu einem spöttischen Lächeln. Dann horchte er noch eine Weile.

Es blieb draußen ruhig. Der Mann, der ihm

hatte folgen wollen, hatte sich noch nicht wieder ent=
fernt, man hörte ihn aber auch nicht mehr...

Pah, sagte der Gefangene leichthin.

Er ging tiefer in den Hausflur hinein, mit Schrit=
ten, so leise, daß ein Horcher draußen sie nicht hören
konnte.

Er ging zu einer Treppe, die nach oben führte:
Ehe er sie erstieg, blickte er in dem Flur umher.. Eine
Lampe brannte darin. Er sah gegenüber der Thür,
durch die er gekommen war, eine kleinere Thür. Sie
mußte auf den Hof des Hauses führen.. Sie stand
offen. Dies schien ihn zu befriedigen.

Er stieg die Treppe hinauf, mit denselben leisen
Schritten, mit denen er sich genaht hatte. Er erreichte
den Flur des ersten Stocks. Hier stand er vor einer
Wohnung, die durch eine breite Glasthür abgeschlossen
war.

Er nahete sich vorsichtig der Thür und sah durch
die Glasfenster. Er blickte in einen langen, schwach
erleuchteten Korridor. Er sah Niemanden darin. Drei
mal kratzte er leise an einer Glasscheibe. Dann trat
er schnell zurück, hinter die Treppe, die weiter nach
oben führte. Er konnte so in den Korridor der Woh=
nung sehen, ohne selbst gesehen zu werden.

Nach einigen Augenblicken öffnete sich hinten im
Korridor leise eine Seitenthür. Ein Frauenzimmer
trat heraus. Sie trug die Kleidung einer Dienst=
magd. Sie hatte das Gesicht mit einem weißen
Tuche verbunden.

Sie lehnte die Thür so geräuschlos wieder an, wie
sie sie geöffnet hatte. Dann ging sie in den Corridor
hinein, der Thür zu, an der gekratzt war.

Aber wie fast unhörbar sie die Thür und den Schritt
bewegt hatte, sie war doch gehört worden.

Anna! rief befehlend eine Frauenstimme in ihrer
Nähe.

Das Mädchen wollte schnell zurückgehen. Sie

besann sich. Sie hielt ihren Schritt an. Man glaubte zu sehen, wie sie auch den Athem anhalte, um nicht gehört zu werden. Hätte sie geglaubt, täuschen zu können, so hatte sie sich geirrt.

Anna! rief befehlender die Frauenstimme. Ich höre Dich wohl. Was treibst Du Dich in der Nacht herum? Im Augenblick komm her!

Es war eine unangenehm kreischende Stimme einer alten Frau.

Der verdammte alte Satan! fluchte der Gefangene in seinem Versteck hinter der Treppe.

Er zog ungeduldig eine goldene Taschenuhr hervor. —

In fünf Minuten schon zwölf! Und um ein Uhr — hol' der Teufel das alte Weib.

Aber er mußte sich in der Geduld üben.

Dem Mädchen mit dem verbundenen Kopf blieb keine Wahl. Sie ging nach der Seite, von welcher die Stimme der alten Frau gekommen war. Sie öffnete eine Thür.

Was befehlen Sie, Madame?

Ich will wissen, warum Du Dich um Mitternacht im Hause umhertreibst.

Ach, Madame, meine Zahnschmerzen waren so arg geworden. Ich konnte es nicht im Bette, ich konnte es nirgends mehr aushalten.

Muß man darum die Leute im Schlafe stören?

Das arme Mädchen mußte wirklich heftige Schmerzen haben. Sie seufzte tief, tief auf über den Vorwurf. Und wohl über ihr Loos.

Wenn die „Madame" Zahnschmerzen gehabt hätte, das ganze Haus wäre zusammengerufen und zusammenbefohlen, und das Dienstmädchen hätte hin und herrennen müssen, um dieses Mittel zu versuchen und jenes herbeizuholen, vielleicht nur um als Zielscheibe oder Ableiter für die Wuth der Dame über den Schmerz zu dienen.

2*

Die arme Dienstmagd sollte sich nicht einmal rächen dürfen.

Aber da Du auf bist, rief die befehlende Stimme der Dame weiter, so hole mir ein Glas Wasser. Aber ganz frisch, unten aus dem Brunnen.

Zu Befehl, Madame, sagte gehorsam das arme Mädchen, die mit ihrem brennenden Schmerze auf dem Hof zu dem Brunnen, in die kalte Regenluft gehen sollte.

Ober ging sie gern? Waren ihre Zahnschmerzen gar nur ein Vorwand bei der strengen Gebieterin gewesen?

Sie sprach jene Worte wenigstens ohne allen Unmuth.

Sie kehrte schnell zu der Thür zurück, aus der sie zuerst in den Gang getreten war — es war wohl die Küchenthür — und kam mit einer Wasserflasche wieder zum Vorschein.

Sie ging auf die verschlossene Glasthür zu, an deren anderer Seite der Gefangene hinter der Treppe wartete.

Aber die strenge Gebieterin hatte sie wieder gehört.

Wohin willst Du da? rief sie zornig.

Zum Brunnen, Madame.

Durch das Vorderhaus? Um Treppen und Gang naß und schmutzig zu machen? Du wirst über die Hintertreppe gehen.

Zu Befehl, Madame, seufzte das gehorsame Mädchen.

Ich möchte dem alten Drachen den Hals umdrehen, knirschte ungeduldig der Gefangene mit den Zähnen.

Aber — er war aus seinem Versteck hervorgetreten, das Mädchen hatte ihn gesehen und sie warf ihm einen Blick voll Liebe und einen Wink zu.

Engel! rief er leife durch die Glasscheiben. Ja, fie ift ein Engel, mein Engel!

Er fagte es mit einem innigen Gefühl, mit einem Seufzer, der ihm aus dem tiefften Herzen kam, aber doch gedrückt, gepreßt.

Das Mädchen war in die Tiefe des Korridors zurückgekehrt. Dort verfchwand fie. Auch der Ge= fangene kehrte zurück, auf der Treppe, auf der er ge= kommen war. Er ging fehr leife.

Als er unten den Hausflur erreichte, ging er noch leifer. Er blieb ftehen, und horchte nach der Thür und nach der Straße. Es war Alles ftill dort.

Er wird fort fein, fagte er fich, er hat mich nicht erkannt.

Er ging um die Treppe herum, zu der kleinen Thür, die auf den Hof führte, die er vorhin offen gefehen hatte. Sie ftand noch offen. Er durchfchritt fie. Er befand fich in einem kleinen, engen, rund von Häufern und Mauern umgebenen Hofe. Es war dunkel darin; auch von den Fenftern, die hineingingen, war keins erleuchtet. Aber die Dunkelheit wurde von Sternen des Nachthimmels erhellt.

In dem Sternenlichte gewahrte er hinten in dem Hofe an der Seite einen Brunnen. Das dunkle Licht follte ihm bald noch mehr zeigen, und was es ihm zeigte, follte ihn glücklich machen und dann wieder auch nicht.

Eine kleine Seitenthür öffnete fich.

Das Mädchen mit dem verbundenen Kopfe trat heraus. Sie blieb nach drei Schritten ftehen und fah fich in dem Hofe um. Sie fühlte fich fchon unfan= gen. Der Gefangene der Stadtvoigtei hielt fie in feinen Armen, der große, fchöne, ftolze Mann, fo fchön in jener braunen, verrußten Effenkehrerjacke, jetzt noch mehr in der elegantesten Gefellfchaftskleidung, hielt die Dienstmagd in feinen Armen. Er hielt fie innig umfangen. Sie legte fich mit innigfter Liebe an ihn.

Sie war eine feine, zarte Gestalt. So war auch
ihr schönes, blasses Gesicht. Ueber Beides, über Gestalt und Gesicht, war eine fast demüthige Bescheiden=
heit ausgegossen. Und wie sehr diese aus dem Herzen
kam, aus einem demüthigen und weichen Herzen, zeugten die Augen und die Lippen, die auch im Glück nur
leise und fast wie schmerzlich zu lächeln wagten, als
wenn das Glück zu groß, zu viel für sie sei.

Das feine, zarte Wesen war Dienstmagd. Auch ein
Berliner „Mädchen für Alles!"

— Sie legte sich an den schönen, stolzen Mann an,
und sah aus ihren großen Augen mit dem Blicke des
höchsten, stillsten Glückes demüthig lächelnd zu ihm
auf.

In dem Lichte der Sterne sah er sie und seine
Augen zeigten, wie ihm das Herz in einem heiligen
Schauer zitterte.

Er küßte sie beinahe ehrerbietig auf die Stirn.

Meine gute, liebe Anna!

Adalbert! hauchte sie verschämt.

Auf die Lippen hatte er sie freilich nicht küssen
können. Das weiße Tuch, mit dem ihr Kopf verbunden war, bedeckte auch den Mund. Sie hatte also
doch wohl Zahnschmerzen. Sie hatte sie in der That.

Er mußte sie prosaisch danach fragen. Rechten
Zahnschmerzen gegenüber, hält auch die Poesie der
Liebe nicht aus.

Du leidest noch immer, Du Arme?

Zum Sterben.

Und Du mußt — ? Du hast nicht einmal in der
Nacht Ruhe? Jener Drache —

Schilt sie nicht, Adalbert.

Aber, daß Du mußt! Daß Du dienen mußt —

Sprich nicht wieder davon. Ich bin so glücklich,
wenn ich nur bei Dir bin. Selbst der wüthende
Schmerz ist jetzt fort.

Mein gutes Kind! Mein Engel!

Sein Mund suchte doch ihre Lippen. Er schob
das Tuch zurück. Er fand sie.

Auf einmal bog sie sich haftig zurück.

Still, still! flüsterte sie.

Sie horchte nach oben, nach dem Hause hin, aus
dem sie gekommen war.

Ein Fenster war dort geöffnet. Schon vor einer
Weile. Sie hatten es Beide nicht bemerkt. Jetzt
wurde es wieder verschlossen. Das hörte das Mädchen.

Es hat uns Jemand belauscht, sagte sie.

Die Alte? fragte der Gefangene.

Nicht sie. Eine fremde Dame schläft dort, die
heute hier eingezogen ist.

Eine Fremde?

Eine Russin, oder Polin.

Ihr Name? fragte der Gefangene haftig.

Ich weiß ihn nicht. Aber was ist Dir?

Nichts, nichts. Ich war nur besorgt für Dich.
Geh, pumpe jetzt das Wasser, damit nichts auffällt.
Ich warte unterdeß dort.

Sie ging zu dem Brunnen.

Er stellte sich dicht an die Mauer des Hauses.

Er war doch wohl nicht allein für sich besorgt gewesen und aufgeregt. Er sprach angelegentlich zu
sich selbst.

Sollte sie es wirklich sein? Gewiß, gewiß. Auch
er war es. Er ist ihr gefolgt. Aber was könnte sie
hierher geführt haben? Mich zu suchen? Und welcher
Zufall hat sie gerade in dieses Haus gebracht? Welcher nichtswürdige Zufall? Sie wird mich hoffentlich
nicht erkannt haben! Und auch er vorhin nicht! Ich
muß doch machen, daß ich fortkomme.

Das Mädchen war mit dem Pumpen des Wassers
fertig. Sie kam zu ihm.

Ich werde gehen müssen.

Und auch ich werde gehen. Du bedarfst der Ruhe,
Du Arme.

Er nahm sie wieder sanft in seine Arme. Er drückte einen Kuß auf ihre Lippen.

Bis morgen? fragte sie ihn zärtlich.

Bis morgen. Gute Nacht!

Gute Nacht!

Sie ließen sich los.

Sie wollte in das Haus zurückkehren. Er zu dem Flur, zu der Straße, zu seiner Droschke.

Sie reichten sich noch einmal die Hände.

Gute Nacht!

Sie wandten sich um — und standen Beide vor einer dunklen, schwarzen Gestalt.

Das Mädchen eilte mit einem Schrei des Er=schreckens in das Haus.

Der junge Mann, der Gefangene der Stadtvoig=tei, — das Licht der Sterne hatte ihm plötzlich etwas gezeigt, das ihn nicht glücklich machte, nicht mehr, und doch — der Mensch ist ja doch immer das sonderbarste Geschöpf auf der Welt Gottes, und er nennt sich oder läßt sich das Ebenbild Gottes nennen.

Es war eine hohe Frau in Trauergewand, die er vor sich sah. Das Sternenlicht zeigte ihm auch eine schöne Frau, ein bildschönes Weib, in der Mitte der zwanziger Jahre, voll, üppig, das Gesicht edel geformt, die großen, schwarzen Augen heiße Gluth sprühend.

Ihm, dem jungen Manne, sprühten sie eine heiße Gluth der Liebe entgegen.

Einen wilden Blick der Eifersucht hatten sie wohl unmittelbar vorher auf das erschrocken fliehende Mäd=chen geworfen, dann einen schnell auflodernden des Zornes auf ihn. Aber Eifersucht und Zorn weichen vor der Liebe. Wie heiß, wie leidenschaftlich, wie mächtig mußte diese Liebe in dem Herzen der schönen, üppigen Frau mit den glühenden Augen sein!

Du bist es, rief sie. Du bist es, mein Adalbert. Endlich, endlich habe ich Dich wiedergefunden.

Sie umschlang ihn leidenschaftlich, sie preßte ihn an sich.

Die Eifersucht kam noch einmal über sie.

Zwar hier, in den Armen einer Anderen. Aber ich verzeihe Dir. Es war ein leichtes, flüchtiges Abenteuer, das Du gesucht und gefunden hattest. Eine Dienstmagd! Dein Herz hatte keinen Antheil daran. Dein Herz gehört nur mir.

Ein Aufschrei unterbrach sie. Ein lauter Schmerzensschrei, tief aus dem Grunde eines plötzlich zerrissenen Herzens.

Die arme „Dienstmagd" — konnte ihr Herz frei von Eifersucht bleiben? Sie war lauschend, wie sie vorhin belauscht war, hinter der Thür stehen geblieben. Sie hatte ausharren können, bis jene Worte der schönen Frau mit der wilden Liebe ihr das Herz zerrissen.

Sie mußte laut aufschreien. Dann floh sie, die Treppe hinauf, die Verrathene vor dem Verräther, die Dienstmagd in dem Zorn der keifenden Herrin, die ungebührlich auf das Glas Wasser hatte warten müssen.

Der junge Mann wollte sich doch aus den Armen der Frau losreißen, um ihr nachzustürzen. — Um ihr zu sagen, daß sein Herz ihr, nur ihr gehöre?

Die schöne Frau hielt ihn fester.

Wie, mein Adalbert, Du liebtest mich nicht mehr? Deine Aurelie? Deine einzige Geliebte? Das Weib Deines Herzens, die ohne Dich sterben müßte? Die sterben wollte, als sie Dich in der Welt vergebens suchte?

Der Mensch ist schwach.

Er fühlte die schönen warmen Arme um seinen Nacken; ihr Busen wogte an seinem Herzen; ihr heißes Gesicht lag an seinen Wangen.

Adalbert, mein Adalbert, rief sie nicht mehr, aber flüsterte ihr Mund leise, heimlich an seinen Lippen.

Er umfing sie, er umschlang auch sie.

Aurelie, meine geliebte Aurelie!

Sag', wie in früheren Zeiten, meine einzige Geliebte!

Meine einzige Geliebte! sagte er.

In dem Augenblicke drang das Keifen der bösen Frau gegen die arme Dienstmagd in den Hof hinunter.

Sie hörten es beide nicht.

Die Frau jauchzte.

Ja, ich bin wieder Deine einzige Geliebte, und ich werde es bleiben. Und jene — sie wird mir nicht mehr in den Weg treten. Sie —

Sie brach ab.

Aber der junge Mann erbebte. Er kannte ihre wilde Liebe. Konnte er verkennen, daß, wo wilde Liebe ist, noch wildere Eifersucht brennt? Und die Eifersucht war nochmals über sie gekommen, wilder, leidenschaftlicher.

Um Gotteswillen, Aurelie, rief er.

Was willst Du?

Thu ihr kein Leid.

Sie soll nur fort. Aber was geht sie denn Dich noch an? Komm mit mir, in meine Wohnung. Sie soll Dich in meinen Armen sehen. Sie soll uns bedienen.

In der Liebe stehen alle Frauen einander gleich, die Höchste der Niedrigsten, die Königin der Dienstmagd. Und sie fühlen es. Auch die Stolzeste muß es fühlen.

Sie wollte ihn mit sich hinauf, in das Haus ziehen. Der junge Mann schwankte. Er konnte ihr nicht folgen, er konnte ihr nicht widerstreben.

Er sollte gerettet werden; aus diesem Kampfe durch einen andern Kampf.

An der Hausthür wurde heftig geläutet. Die beiden Liebenden mußten es hören. Der Gefangene der Stadtvoigtei fuhr auf.

Du erschrickst Adalbert?

Dein Mann!

Auch die Frau erschrak.

Er hier?

Du wußtest es nicht?

Ich hatte keine Ahnung.

So ist er Dir ohne Dein Wissen gefolgt.

Er sah mich hier eintreten.

Der Muth der Frau war zurückgekehrt. Es war ein wilder Muth, wie ihre Liebe eine wilde war.

Mag er kommen. Er hat keine Rechte mehr an mich. In meiner Wohnung bin ich Herrin. Und meine Herrschaft weiß ich mit meinem Dolche zu vertheidigen.

Ich werde Dich vertheidigen, Aurelie.

Dich würde die Welt seinen Mörder nennen. Ein Weib, das roh überfallen wird, hat alle Rechte der Nothwehr. Komm, mein Adalbert.

Sie sollte sich doch verrechnet haben. Sie konnte nicht einmal mehr ihre Wohnung erreichen.

In Folge des Läutens war die Hausthür geöffnet. Zwei Männer waren in das Haus getreten.

Der eine war ein großer, kräftiger Mann. Eine hohe und stolze Gestalt, wie der Gefangene der Stadtvoigtei. Er war elegant gekleidet, wie dieser. Der andere war ein Polizeibeamter. Jener hatte ihn wohl herbeigeholt.

Der Beamte trug eine Laterne.

Was suchen Sie hier? fragte ein Hausknecht, der geöffnet hatte, den Beamten.

Hier wohnt die Gräfin Luberski? drängte sich schnell der fremde Herr vor.

Ich kenne den Namen nicht.

Eine Dame, die heute eingezogen ist!

Eine fremde Dame ist heute eingezogen.

Sie ist es. Sie hat vor einer Stunde Besuch erhalten.

Davon weiß ich nichts.

Der Polizeibeamte war unterdeß in seiner Art thätig gewesen. Er hatte im Hausflur umher gesehen; er war am Ende des Hausflurs in die offene Thür des Hofraums getreten. Er kehrte eilig zurück. Er hörte noch die letzten Worte des fremden Herrn.

Von einem Diebe sprachen Sie zu mir, sagte er. Im Hofe sind Leute.

Wo, wo? rief der Fremde.

Er eilte schon hin.

Die Andern folgten ihm.

In dem Scheine der Laterne sah er die Liebenden.

Dort ist der Dieb, sagte der Polizeibeamte.

Aber der Fremde fuhr ihn zornig an.

Sie sind ein Narr, Herr! Hier haben Sie einen Friedrichsdor, und nun machen Sie, daß Sie fort= kommen.

Dann wandte er sich an den Hausknecht.

Und Er — hier hat er einen Thaler — scheere er sich zum Teufel.

Die beiden gingen. Der Fremde trat in den Hof. Die Liebenden waren geblieben.

Meine Ehre fordert von mir, Dich zu vertheidigen, hatte der junge Mann gesagt.

So fordert meine Liebe von mir, bei Dir zu bleiben.

Sie erwarteten den Fremden.

Beide sollten sich in dem, was folgen werde, verrechnet haben.

Der Fremde trat ruhig an sie heran. Er blieb stolz vor ihnen stehen. Sein Gesicht war nicht schön. Es war breit, pockennarbig, bleich. Als er ruhig und stolz vor den Beiden stand, konnte man es nicht mehr häßlich finden.

Und er stand vor seiner Frau. Ol nicht mehr? Er hat keine Rechte mehr sie gesagt. Aber vor einer schönen F ihm gehört hatte, die ihn vielleicht geliebt hatte, die er noch liebte, die jetzt einen Anderen liebte und von einem Andern geliebt wurde, vor ihr und ihrem Buhlen stand er jedenfalls. Er stand mit jenem ruhigen Stolze vor ihnen.

Madame, mit Ihnen habe ich nichts mehr zu schaffen. Sie wurden eine Verführte. Sie sind eine Elende geworden. Aber Sie, mein Herr Graf Romkewicz, Sie werden von meiner Hand sterben, Ihre Hand möchte denn die glücklichere sein. Ich habe Sie lange vergebens gesucht. Ich erwarte Sie morgen früh auf Pistolen. Auf fünf Schritt Barriere, meinetwegen auch auf drei. Am liebsten über das Schnupftuch. Doch das werden unsere Sekundanten näher verabreden. Ich hörte, daß Sie beim Grafen Tichy erwartet werden. Ich war schon dort.

Sie wurden vermißt und das zunächst verschaffte mir die Ehre, Sie hier zu treffen. Sie werden hoffentlich noch hinkommen. Ich werde in die Gesellschaft zurückkehren. Wir werden Beide dort Herren finden, die sich eine Ehre daraus machen werden, unsere Sekundanten zu sein. Ich darf auf Ihre Pünktlichkeit rechnen, Herr Graf?

Sie dürfen, mein Herr Graf, antwortete ihm sein Gegner. Nur — setzte er hinzu.

Aber er stockte, so wie er das Wort ausgesprochen hatte. Eine plötzliche Verlegenheit zog durch sein Gesicht.

Nun? fragte der Graf Luberski.

Aber der Verlegenheit in dem Gesichte des Grafen Romkewicz, des Gefangenen der Stadtvoigtei, war schon ein eigenthümliches spöttisches Lächeln gefolgt.

Nur, erwiderte er, mit diesem Lächeln, mein Herr Graf, werde ich morgen früh, überhaupt morgen am Tage nicht die Ehre haben können, Ihnen eine Kugel durch den Kopf zu jagen.

Zu welcher Zeit dann würden Sie mir zu Diensten stehen?

In der morgenden Nacht.

In der Nacht?

Ein Ehrenwort bindet mich, ein früher gegebenes,
und Sie wissen, Herr Graf, ich bin ein Ehrenmann,
der sein Wort unter allen Umständen hält.

Ich weiß es, sagte der Graf Luberski, zu dem
Grafen Romkewicz, der ihm seine Frau verführt und
zu einer Elenden gemacht hatte.

Sie sind also einverstanden? fragte der Graf
Romkewicz.

Ich bin einverstanden.

Das Nähere werden unsere Sekundanten verabreden.

Der Graf Luberski entfernte sich darauf stolz.
Die Dame hatte er nicht wieder angesehen. Aber seine
äußere Ruhe mußte ihm einen schweren Kampf gekostet
haben. Als er den Hofraum verlassen hatte und in
den Hausflur zurücktrat, hörte man einen Wuthschrei,
den er nur halb unterdrücken konnte. Dann stürzte
er auf die Straße.

Die Gräfin Luberski, die schöne, üppige Frau mit
den gluthsprühenden Augen und dem wildliebenden
Herzen war doch blaß geworden. Aber ihr liebendes
Herz war auch ein stolzes. Sie versuchte nicht mehr,
den Geliebten in ihre Unterhaltung zu ziehen.

Du mußt gehen, Adalbert, sagte sie. Die Ehre
ruft Dich. Aber Du wirst ihn erschießen. Dann gehören wir einander an.

Sie besiegelte die Worte mit einem heißen Kusse
auf seinen Lippen.

Er verließ sie träumend.

Als er draußen auf der Straße war, durchzuckte
ihn auf einmal etwas heftig.

Herr des Himmels, Anna! Jene Eifersucht, jene
Wildheit! Ich soll ihr den Mann erschießen. Sie wird

untergehen das arme Mädchen —! und ich kann sie nicht retten. Die Ehre! — O diese Ehre.

Er eilte zum Karlsplatze. Seine Droschke wartete dort auf ihn. Er sprang hinein.

Zum Grafen Tichy. Aber im Galopp. Es ist schon halb Eins.

Die Droschke fuhr im Galopp dahin.

3.

Ein baumlanger Kürassierlieutenant.

Bei dem Grafen Tichy war große Gesellschaft. Die vornehmsten Kreise der Residenz waren dort vertreten, man tanzte, man spielte, man unterhielt sich.

Man gefiel sich, man gefiel sich nicht; man gefiel, man gefiel nicht; man intriguirte, man intriguirte nicht. Wer gefiel und intriguirte, der gefiel auch sich.

Mitternacht war vorüber. Die Gesellschaft war noch immer zahlreich. In anderen großen Residenzen fangen die Gesellschaftssäle der Vornehmen um Mitternacht an, sich zu füllen. In Berlin fangen sie um die Mitternachtsstunde an, sich zu leeren.

Bei dem Grafen Tichy war es anders. Der Graf war ein Fremder, ein reicher Fremder, der in Berlin aus Liebe zu einer Tochter sich aufhielt, die an einen dortigen Gesandten verheirathet war. Er machte

manche Sitte der Frembe mit; er konnte sie aufrecht=
halten, weil sein Umgang hauptsächlich die fremben
Gesanbten mit ihren Familien und Gesanbschaftska=
valieren ausmachten.

In einem Kreise von Damen fielen besonders zwei
auf. Jede einzeln für sich wäre vielleicht nicht son=
berlich beachtet worden. Ihr Gegensatz machte sie um
so mehr auffallend. Die Eine war eine sehr dicke,
sehr garstige und sehr hochaufgeputzte, ältere Dame.
Unmittelbar an ihrer Seite saß ein junges Mäbchen
von kaum siebzehn bis achtzehn Jahren, ein Engel an
Schönheit, Milde, Bescheidenheit und Einfachheit.

Sie freilich konnte, ja mußte für sich allein auffal=
len, gar bewundert werden.

Die beiden Damen waren Mutter und Tochter.

Und die Mutter bewachte und hütete die Tochter,
wie nur je ein boshafter, feuriger Drache ein liebes
und schönes Kind bewacht und gequält hat.

Warum sie das that?

Die Mutter war eine reiche und fromme, ablidje
Wittwe aus Pommern und ihre Tochter —

Ah, liebe Gramzow, sehen Sie nur, es ist empö=
renb, flüsterte eine andere Dame der Mutter in das
Ohr.

Die andere Dame saß an ihrer andern Seite, und
sie war eben so alt und eben so garstig, wie die dicke
Frau von Gramzow, aber sie war sehr mager und
keine Wittwe, sondern ein altes Fräulein. Aus Pom=
mern war sie freilich auch, und zwar aus Hinterpom=
mern und sie hieß Abele von Gribow.

Wohin sie sehen solle, hatte das Fräulein der Frau
von Gramzow nicht sagen müssen. Die Augen der
dicken, frommen Dame hatten sich schon von selbst zu=
···················· freilich erst, nachdem sie sich mit ·iner
hatte.

 lästerlich, meine Liebe, sagte
hristlichen Gesellschaft.

Chriſtlich nennen Sie dieſe Geſellſchaft, meine Liebe?
Chriſtus ſoll da ſein, wo der Fürſt dieſer Welt ſo
leibhaftig einhergeht und herrſcht und brüllt, wie hier?

Aber, mein Gott, liebe Gramzow, Sie ſind ja
hier, die frommſte Dame in ganz Hinterpommern, und
was das Brüllen betrifft —

Ja, meine Liebe, ich bin hier, und auch mein ar=
mes Kind, das von jenem Beelzebub in eines Men=
ſchengeſtalt bethört werden ſoll, vielleicht ſchon bethört
iſt. Und daß wir hier ſind, iſt eine Schande und eine
Sünde, die aber nicht auf uns, ſondern einzig und
allein auf Höhere zurückfällt. Die wollen fromm
und gottesfürchtig ſein, und dulden ſolche Feſte und
Gelage, an denen nicht der Herr Jeſus herrſcht, ſon=
dern der Herr der Finſterniß. Aber — nein, ich halte es
nicht länger mehr aus. Das iſt zu arg, zu unver=
ſchämt! Malvine, ſchlag' die Augen nieder, wage
aufzublicken!

Die erſten Worte der Dame waren wohl ſehr
ſtaatsgefährliche, denn damals galt noch der ſogenannte
Unzufriedenheitsparagraph des Preußiſchen Allgemei=
nen Landrechts und wenn jeder Andere als eine reiche
und fromme adliche Dame Unzufriedenheit gegen die
Regierung zu verbreiten geſucht hätte, er hätte es in
einem Kerker büßen müſſen.

Die letzten Worte der Dame waren an ihre Toch=
ter gerichtet. An das ſchöne, beſcheidene, ſittſame Kind
von ſiebzehn Jahren? Freilich, warum war ſie auch ſo
ſchön?

Ein baumlanger, junger Lieutenant von den Garde=
Küraſſieren hatte ſich den Damen gegenüber aufgeſtellt,
einen Kneifer auf die Naſe geſteckt, das junge Fräu=
lein von Gramzow lorgnettirt und dann zwar den
Kneifer ſchnell zurückgenommen, die Augen nun aber
um ſo weniger von dem ſchönen Mädchen wegwenden
können.

Das unſchuldige Kind aber war zwar zuerſt über das

Lorgnettiren sehr unwillig geworden, hatte dann aber
vor den brennenden Blicken der freien Augen nur ver=
schämt die ihrigen niederschlagen können, und zuletzt
sogar sie doch wieder zu den brennenden Augen hin=
wenden müssen, die in einem recht hübschen, frischen
Gesichte und über einer allerliebsten, knappen, Küras=
sieruniform brannten.

Darüber hatte die Mutter sie ertappt, das Kind
hatte, doppelt tief erröthend, die schönen Augen zur
Erde gesenkt.

Ich muß fort, wir brechen auf, sagte dennoch die
garstige Mutter.

Ach, Mutter, schon? fragte ängstlich das unschul=
dige Kind.

Ja.

Es sollte doch nicht so kommen.

An einer andern Seite des Saales saß ein ande=
rer Damenkreis. In seiner Mitte eine sehr lange=
liche Dame.

Zu dieser war der lange Lieutenont von den Garde=
Kürassieren getreten.

Eine große Bitte, liebe Mama.

Was wünschest Du, mein Kind?

Nur einen Tanz mit der kleinen Granzow.

Aber, mein Kind, ihre fromme Mutter läßt sie nie
tanzen. Tanzen ist ihr eine Sünde, ein Gräuel.

Doch nur der Mutter, liebe Mama!

Darum darf die Tochter nicht.

Und darum meine Bitte an Dich, liebe Mama.

Sie wäre?

Die Mutter auf eine Viertelstunde aus diesem
Saale zu entführen.

Doch ohne die Tochter?

Gewiß.

Sie verläßt die Tochter auf keine fünf Minuten.

Wenn es denn nur Eine ist.

Ich will es versuchen.

Die lange Dame ging zu der dicken Dame.

Die dicke Dame war gerade im Begriff aufzustehen und mit ihrer Tochter den Saal zu verlassen.

Sie wollen uns doch nicht schon verlassen, liebe Gramzow?

Ich wollte nur in einem Nebenzimmer Kühlung suchen. Es ist so heiß hier.

Mit Ihrer lieben Malvine?

Sie bat, mich begleiten zu dürfen —

O, liebe Mama, sagte das Fräulein.

Ein strenger Blick der frommen Mutter verschloß ihr den Mund.

Die lange Dame machte kurzen Prozeß. Sie nahm den Arm der dicken Dame und flüsterte ihr etwas ins Ohr.

Ich sprach vorhin mit dem General Remscheid.

Die dicke Dame wurde über und über roth, wie ein Mädchen von achtzehn Jahren.

Warum sollen nicht auch dicke alte Damen noch verschämt roth werden können, wenn von Männern die Rede ist? Dazu war die Frau von Gramzow Wittwe, und der General von Remscheid war Exzellenz und Millionair dazu, und er sollte, wie es hieß, in seinen jungen Jahren in die Frau von Gramzow sehr verliebt gewesen sein und nur um dieser Liebe willen unverheirathet geblieben sein.

Eine alte garstige Frau kann in ihrer Jugend sehr schön gewesen sein, und wie viele Herzen sie dann entzündet hat, wer kann das wissen? — Freilich, sie selbst vergißt es nicht, auch wenn sie fromm geworden ist.

Wir sprachen von Ihnen, fuhr die lange Dame fort.

Die dicke Dame wurde röther.

Mein Gott, von mir?

Und die Excellenz. — Aber das muß ich Ihnen ausführlicher erzählen.

Malvine, sagte die Frau von Gramzow schon zu

3*

ihrer Tochter, Du unterhälst Dich wohl mit Fräulein von Griebow. Und nicht wahr, Sie, meine Liebe, nehmen das Kind ein paar Augenblicke unter Ihren Schutz.

Man muß es zugestehen, es zeigt einen echt christlichen, frommen Sinn, wenn eine Mutter von ihren alten Liebhabern nicht gern in Gegenwart ihrer so eben erwachsenen Tochter spricht.

Die beiden alten Damen verließen den Saal. Sie gingen in ein Nebenzimmer, das leer war. Eine Causeuse nahm sie in ihre engen, vertrauten Arme.

Jetzt sind wir allein, liebe Stromberg.

Die lange Mutter des baumlangen Lieutenants von den Garde=Kürassieren war eine Frau v. Stromberg.

Ja, wir sind allein, und nun hören Sie:

Sie kennen den Consistorial = Präsidenten von Kehlhorst?

O, gewiß, er ist ein reiner, gottesfürchtiger Mann.

Er war es nicht immer.

Im Himmel ist mehr Freude über —

Allerdings, liebe Gramzow —

Und er wandelt jetzt treu in den Wegen des Herrn.

Nun, was das betrifft —. Sie wissen doch, er hat viele Schulden.

Leider.

Und eine hübsche Tochter.

Ein frommes, bescheidenes, gehorsames Kind.

Das Ebenbild ihrer Malvine.

Ich danke dem Herrn für mein Kind. Aber Sie wollten mir von dem General —

Sie wird auch in einem Alter mit Malvine sein.

Ja. Aber Sie wollten mir von —

Von dem General Remscheid erzählen? Ich komme auf ihn. Er ist reich.

Der Herr hat ihn mit Gütern des Lebens ge=
segnet.

Und der Präsident Kehlhorst ist, wie gesagt, arm.

Ja.

Wissen Sie nun, was der Präsident vor hat?

Ich weiß es nicht.

Mit dem reichen General?

Mit ihm?

Und seiner eigenen, hübschen, achtzehnjährigen
Tochter?

Aber mein Gott!

Ach, Sie ahnen es!

Aber der General ist ja in den Sechzigern.

Und das Kind erst achtzehn Jahre.

Es ist nicht möglich.

Es ist wahr.

Das wäre ja schändliche, gottesläsierliche Kuppelei!

Die Schulden! Die Wechsel!

Ja. Und der General?

Ich sprach mit ihm darüber.

Was sagte er?

Er wies die Sache von der Hand.

Ah!

Er sagte, er habe einmal geliebt —

Das sagte er?

Und er sei um dieser Liebe willen so lange unver=
mählt geblieben —

Der edle Mann!

Jetzt sei es zu spät.

Zu spät?

Für ihn, sich mit einem Kinde zu verbinden.

Ah, ah!

Ich sagte ihm darauf scherzend: Aber, Excellenz,
jene alte Liebe — die Frau von Gramzow —

Mein Gott, meine Liebe, Sie sprachen von mir?

Was wollen Sie?

Nun, und Er?

Meine gnädige Frau, sagte er sehr heimlich zu mir. Da —

Da?

Da kam gerade der Confiftorialpräfident, nahm mit seiner unverschämten falbungsvollen Vertraulich=keit den Arm des Generals und führte ihn von mir fort zu seiner Tochter, die mit ihm hier ift.

Der Unverschämte! sagte auch die fromme Frau von Gramzow, in großer, frommer Entrüftung. Und Sie sprachen ihn nicht weiter? fragte sie dann.

Wie konnte ich? Er fitzt noch bei der jungen Dame und ihrem Vater.

Das schnöde Werk der Kuppelei foll am Ende hier vollendet werden!

Es ift wohl möglich.

In meiner Gegenwart! Das darf ich nimmer dulden.

Die dicke Dame sprang auf.

Wo find sie?

Im Tanzsalon. Aber einen Augenblick Gebuld, meine Freundin.

Was wünschen Sie?

Kennen Sie den Lieutenant von Morgenftern?

Von den Garbehufaren?

Er ift ein Freund meines Sohnes. Er liebt die kleine Kehlhorft.

Er muß sie heirathen.

Er ift Lieutenant und — arm!

Verdammt!

Die fromme Dame rief es wahrhaftig, und sie ftampfte dabei mit dem Fuße. Die Frau von Strom=berg aber hatte für ihren Zweck entweder genug mit=getheilt oder genug gelogen. Was thut eine Mutter nicht für ihren Sohn, zumal wenn es sich um eine reiche Schwiegertochter handelt? Reich war die Frau von Stromberg nicht und ihr Sohn war Lieutenant.

Malvine von Gramzow aber war die einzige Tochter
der sehr reichen dicken Dame.

In dem Tanzsalon schwieg eben die Musik. Ein
Tanz war also zu Ende.

Gehen wir in den Saal, sagte die Frau von
Stromberg.

Die Frau von Gramzow sollte in Wuth gerathen,
gar in Verzweiflung. Sie sah Folgendes.

In einer Ecke des Saales saß der General v. Rem=
scheid an der Seite des Fräuleins von Kehlhorst. Er
saß dicht neben ihr und sprach leise zu ihr. Das
junge Mädchen schlug erröthend die Augen nieder.
Sie war sehr schön. Ihr Vater, der Consistorial=
Präsident, stand zehn Schritte hinter den Beiden,
beobachtete sie und lächelte vergnügt in sich hinein.

An einer andern Seite des Saales stand der
Lieutenant von Stromberg, Arm in Arm mit dem
Fräulein Malvine von Gramzow, mit der er eben
getanzt hatte. Er sprach ebenfalls leise, heimlich mit
ihr, und sie schlug in holder Verschämung die Augen
nieder.

Das Alles sah die Frau von Gramzow mit Einem
Blicke, mit Einem Male. Eine innere Wuth ergriff
sie. Aber wohin sollte sie in dieser Wuth? Zu wel=
chem der beiden Paare? Zu der jungen Tochter?
Zu dem alten Liebhaber? Sie gerieth in Ver=
zweiflung.

Das Mutterherz siegte. Sie flog zu ihrer Toch=
ter und zu dem langen Lieutenant von den Garde=
Kürassieren. Das Paar hatte in seinem Glücke sie
nicht gesehen.

Ich sehe Sie wieder, Fräulein! flüsterte zärtlich
der junge Mann.

Ach wo? seufzte unschuldig das junge Mädchen.

Bei Ihnen selbst. Ich komme zu Ihnen.

Um Gotteswillen nicht. Meine Mutter —

Da war die Mutter bei ihnen.

Was soll Deine Mutter? Hier ist sie.

Das junge Mädchen wurde leichenblaß. Der tapfere Lieutenant riß aus. Was kann der tapferste Lieutenant einer wüthenden Dame gegenüber anders?

Die dicke Dame führte zornig ihre Tochter in den Saal, in welchem sie sie unter dem Schutze des hageren Fräulein von Griebow zurückgelassen hatte. Ueber das arme Fräulein wollte sie die ganze Schaale ihres Zornes ausgießen.

Aber meine Liebe, wie konnten Sie?

Sie mußte verstummen.

Neben dem hageren Fräulein kam ein volles, feuerrothes Gesicht zum Vorschein. Ein nicht mehr junger, dicker Premier = Lieutenant von den Garde=Kürassieren saß dort, ein Freund des Lieutenants von Stromberg.

Junge Seconde = Lieutenants haben solche ältere väterliche Freunde, die für sie durch das Feuer laufen, wenn es sein muß, ja sogar, um dem jungen Freunde eine süße Viertelstunde zu verschaffen, einem hageren alten Fräulein die Cour machen.

Die Wuth der Frau von Gramzow ahnte, errieth Alles.

Ist man denn hier verrathen und verkauft? rief sie ingrimmig in sich hinein.

Meine gnädigste Frau, sagte freundlich das runde, feuerrothe Gesicht, erlauben sie auch mir einen Walzer mit dem gnädigen Fräulein?

Da mußte die Wuth der dicken Frau losbrechen.

Sie mein Herr? rief sie. Eher wollte ich —

Auch der dicke Lieutenant hatte schon Reißaus genommen.

Fort von hier! befahl die Frau von Gramzow ihrer Tochter.

Der Premierlieutenant und der Secondelieutenant begegneten sich im Tanzsaale.

Sie ist ein Engel! rief entzückt Stromberg.

Und die Mutter ein Satan! lachte sein Freund.

Was gehen mich alle Satane der Welt an, wenn nur ein Engel mir gehört.

Solch ein Gelbschnabel ist verdammt schnell mit sich fertig. Aber halt, was ist denn das? Ist das nicht der Graf Luberski? Was diese Polen immer in Extase sind! Hat sich der Mensch da nicht, als wenn er mindestens der ganzen russischen Armee mit Einem Hiebe den Kopf abhauen wolle, und ich bin überzeugt, höchstens hat ihn der Portier der russischen Gesandtschaft schief angesehen und er beklagt sich, daß seinem Verlangen, dem Menschen hundert Stockprügel zu geben, nicht entsprochen ist.

Er spricht ja mit einem Attaché der französischen Gesandtschaft, bemerkte der Herr von Stromberg.

Der soll für ihn die Prügel vermitteln. Aber halt. Es muß doch etwas Wichtiges sein. Der Franzose macht ein verteufelt ernsthaftes Gesicht und auch der lange Lord Stapleton tritt hinzu, sieht sehr weise aus und scheint noch weiser zu sprechen. Und — alle Wetter, wie stecken sie auf einmal alle Drei die Köpfe zusammen und wie sehen sie denn Alle so angelegentlich da nach der Seite hin —! Ah, ah, wahrhaftig, nach unserem Freunde Romkewicz. Der muß so eben eingetreten sein. Und er ist auch in Feuer und Flamme und rennt mit den Augen im Saale umher, als wenn er —. Diese Polen macht doch Alle das heiße Blut halb verrückt. Was mag der nun wieder haben?

Er scheint Jemanden zu suchen, sagte der Lieutenant von Stromberg.

So klug bin ich auch, daß ich das sehe.

Höre Schwarzhof, Du nanntest den Menschen un-

t mit uns?

aber er hat mir doch etwas Unheim-

Ich finde ihn nur geheimnißvoll, allerdings etwas eigenthümlich.

Ist das nicht genug?

Genug ist mir, daß er von gutem Adel und reich ist. Die Grafen Romkewicz sind beides.]

Aber woher weiß man, daß er wirklich ein Graf Romkewicz ist?

Der Polizei=Präsident selbst hat es laut gesagt.

Der Polizei = Präsident hat nur seine Papiere ge= sehen, und die können gefälscht sein.

Der russische Gesandte hat es bestätigt.

Aber der Graf will aus Galizien, aus Oesterrei= chisch Polen sein.

Dort ist die russische Polizei besser zu Hause, als die österreichische.

Mir ist doch das Heimlichthun des Menschen ver= dächtig. Aber sieh' er kommt auf uns zu.

Wahrhaftig; er scheint uns gesucht zu haben.

Ich will nichts mit ihm zu thun haben.

Ah, Du suchst wohl Gelegenheit zu Deiner neuen Donna zu entkommen. Viel Glück, und nimm Dich vor dem alten Satan in Acht.

Der lange Kürassier=Lieutenant ging.

Der Dicke blieb erwartend stehen.

Ein großer, schöner, stolzer junger Mann schritt auf ihn zu. Wir kennen ja den Grafen Adalbert Romkewicz. Er näherte sich dem dicken Offizier mit der ganzen Lebhaftigkeit des jungen aufgeregten Polen.

Lieber Herr von Schwarzhof, würden Sie mir eine große Bitte erfüllen?

Wenn ich kann, gern, Herr Graf.

Es betrifft eine Ehrensache.

Um so lieber dann.

Ich muß mich mit dem Grafen Luberski schießen.

Mit Ihrem Landsmann?

Ja. Würden Sie mein Sekundant sein?

Zum Teufel, ohne Frage. Es ist eine Ehre für mich.

Ich bin Ihnen dankbar.

Wann soll das Duell sein?

Sein Sekundant wird das Nähere mit Ihnen verabreden. Ich sehe, er spricht mit dem Herrn von Fontaine. Ich werde diesem sagen, daß Sie mein Sekundant sind. Nehmen Sie alle Bedingungen an, die er Ihnen machen wird. Ich meinerseits habe nur Eine aufzustellen.

Und die wäre? fragte der dicke Offizier.

Ich kann ihm nur in der Nacht zu Diensten stehen und nur in der Nähe von Berlin.

Hm, nur in der Nacht?

Eigenthümliche Verhältnisse zwingen mich.

Aber ein Duell bei Nacht?

Der Graf Luberski ist übrigens schon einverstanden.

Der alte Premierlieutenant von den Garde-Küraffieren schien sich doch noch verwundern zu müssen. Er hatte aber auch noch etwas Anderes auf dem Herzen.

Darf ich noch um die Veranlassung des Duells bitten?

Pah, eine Liebesaffaire.

Ah, ah, dann noch eine Frage. Soll wirklich Blut fließen.

Gewiß! Er oder ich, Einer muß auf dem Platze bleiben. Ich glaube, daß es nicht anders gehen wird.

Der Graf Romkewicz ging zu dem französischen Gesandtschaftsattaché, dem Herrn von Fontaine, den der Graf Luberski so eben verlassen hatte.

Hm, hm, sagte der dicke Lieutenant zu sich. Das Leben ist zwar, bei Lichte besehen, nicht viel werth. Ich freue mich aber doch, daß ich solche Liebesaffairen nicht gehabt habe. — Aber ist der Bursch doch wieder geheimnißvoll. •Nur bei Nacht will er sich schlagen! Ja, bei Tage hat ihn noch kein Mensch gesehen. Dann ist er schon früh ausgefahren, dann schläft er noch spät. Dann ist dies, dann ist das. Aber, was geht es mich an? Der Polizei=Präsident muß es wissen, und der russische Gesandte weiß es. — Ah, da kommt der Franzose.

Der Herr von Fontaine, ein feiner, gewandter Franzose näherte sich.

Mein Herr, Sie sind der Sekundant des Grafen Romkewicz.

Ja, mein Herr.

Ich werde dem Grafen Luberski sekundiren.

Wir erwarten Ihre Bedingungen.

Das Duell wird auf Pistolen stattfinden.

Wohl, mein Herr.

Auf drei Schritt Barriere.

Gut.

Der Herr von Romkewicz ist der Beleidiger. Sie werden das Kommando haben.

Es versteht sich.

Den Ort des Duells hätten wir zu bestimmen.

So ist es.

Aber da wir mit der Umgebung von Berlin wenig bekannt, sind, so überlassen wir Ihnen seine Bestimmung.

Der Graf Romkewicz wünscht sich in der Nähe von Berlin zu schlagen. Kennen Sie das Beersche Land=haus im Thiergarten?

Vor Charlottenburg?

Richtig. Zehn Minuten von da ist an der Spree eine dichte eingefriedigte, abgelegene Wiese. Wäre es Ihnen da gefällig?

Ich nehme an.

Wir hätten also nur noch die Zeit zu bestimmen.

Ihr Herr Duellant, der Graf Romkewicz, will sich
..r in der Nacht schlagen.

So hat er auch mir gesagt.

Der Herr von Luberski hat acceptirt. Also mor=
gen um Mitternacht, wenn es Ihnen gefällig ist.

Wir werden mit dem Schlage der Mitternachts=
stunde auf dem Platze sein.

Auch wir, mein Herr.

Die beiden Herren verbeugten sich gegeneinander
und schieden.

Der Graf Romkewicz kehrte zu dem Herrn von
Schwarzhof zurück.

Morgen um Mitternacht, sagte der dicke Lieute=
nant zu ihm. Auf drei Schritt Barriere.

Ueber das Schnupftuch wäre mir lieber gewesen.
Aber ich bin Ihnen dankbar, mein Herr. Ich darf
Sie morgen Nacht um halb zwölf Uhr von Ihrer
Wohnung abholen?

Ich werde bereit sein. Noch Eins. Sie haben
die Güte für einen zweiten Zeugen zu sorgen, und
einen Arzt mitzubringen?

Ich werde für Beides sorgen.

Auch diese beiden Herren schieden.

Der galizische Graf Romkewicz verließ den Saal.
Als er aus der Thür trat, sah er auf seine Uhr.

Zehn Minuten vor Eins! Ich komme noch grade
zur rechten Zeit.

Zu dem Lieutenant von Schwarzhof kam aus einem
Nebenzimmer der Lieutenant von Stromberg. Der
lange junge Mann strahlte vor Glück.

Schwarzhof ich bin der glücklichste Mensch von
der Welt. Sie liebt mich.

Der glücklichste Narr magst Du sein. — Du wirst
morgen Zeuge bei dem Duell der beiden Polen sein.

Morgen? Für die Welt nicht. Morgen hat sie
mir ein Rendezvous zugesagt, mit einem Händedruck
— Mensch, weißt Du, was ein Händedruck ist?

Narrheit, Bursch). Aber mit Narren ist nichts anzufangen. Ich werde mir einen andern Zeugen suchen. Gute Nacht!

4.

Ein Ochsenhändler.

In der Jerusalemer Straße zu Berlin sind viele Keller, in denen bei Tage wie bei Nacht ein lebhafter Verkehr herrscht. Es verkehren auch allerlei Leute da, und zu der Zeit wenigstens, aus der ich erzähle, waren in mehreren derselben, zumal in der Nacht, immer eine gute Portion Berliner Diebe anzutreffen.*) Die Berliner Diebe bilden eine Genossenschaft für sich, freilich mit den Frauenzimmern, die zu ihnen gehören. In jenen Kellern pflegten daher in der Nacht nur Diebe mit ihren Frauenzimmern zu verkehren.

In einem derselben war es noch in später Nacht sehr voll. Es war eine Reunion da. Es wurde Musik gemacht, getanzt, getrunken, geplaudert, gescherzt, gespielt, intriguirt.

Alles, wie auch in der Gesellschaft beim Grafen Tichy, wenn gleich freilich in etwas anders gefärbter Weise. Doch Eins war völlig anders: Niemand langweilte sich.

Noch Eins muß ich bemerken. Die Diebe, welche die Keller in der Jerusalemer Straße besuchten, waren

---

*) Vielen Bewohnern der jetzt so sehr veränderten Jerusalemerstraße mag es unbekannt sein, daß vor mehreren Jahren in dem Hause Nr. 36 ein „Verbrecherkeller" existirte und daß an der Stelle des herrlichen Gebäudes Nr. 23 vor noch sehr kurzer Zeit eine der berüchtigsten Häuser Berlins „die Flinte" stand. A. d. V.

etwas mehr, als die Habitués des Schmortopfes in der Mulacksgasse. Sie meinten es wenigstens selbst, und sie hielten sich auch besser in ihrem Aeußern. Sie trugen bessere Kleidung; ihre Damen waren feiner und tranken keinen Schnaps, sondern Grogk. Sie selbst zeigten einen gewissen zurückhaltenden Stolz.

In größeren Genossenschaften giebt es wieder kleinere.

Drei Männer hielten sich von der übrigen Gesell= schaft entfernt. Sie waren untereinander sehr ver= schieden.

Der Eine war schon ein Funfziger. Eine feine Gestalt mit einem angenehmen Aeußern, und nur noch wenigen weißen Haaren. Er trug eine weiße Hals= binde, schwarzen Rock, schwarze Pantalons. Er hielt sich schweigsam, ernst und vornehm. Man hätte ihn anderswo für einen Hofrath aus irgend einem Mini= sterium halten können. Doch sah er dafür zu klug aus. Indeß wurde er von seinen Genossen wirklich der Hofrath genannt, wie wir bald hören werden.

Der Zweite war ein Mann in der Mitte der drei= ßiger Jahre, von dem sich nichts sagen läßt, als daß er, wenn auch nicht groß, doch von fest gedrungenem Körperbau war, ungeheuere derbe Fäuste hatte, mit verschleiertem Zuchthausauge vor sich hinblickte, und einen grünen Rock trug.

Von dem Dritten war eigentlich noch weniger zu sagen. Er war ein langer, waghalsiger, etwas läp= pischer Bursch von neunzehn bis zwanzig Jahren, dem ein farbloser Rock schlotterig um den langen Körper hing.

Die Drei hielten sich, wie gesagt, von den Uebri= gen zurück, ohne dennoch unter sich zu verkehren. Sie nahmen im Gegentheil auch von einander keine Notiz. Dem Anscheine nach.

Frauenaugen sehen scharf und oft durch den Schein hindurch.

Eine hübsche Brünette setzte sich zu einer hübschen Blondine. Die Blondine sah etwas schmollend, die Brünette sehr neugierig aus.

Was hat denn Dein langer Wilhelm heute? fragte die Neugierige.

Ich weiß es auch nicht, er ist heute unausstehlich, sagte die Schmollende.

Ihr habt Euch wohl gezankt?

Auch dazu kann man nicht einmal mit ihm kommen. Du, ich glaube, die haben etwas vor.

Wer die?

Sieh Dir einmal den Hofrath mit der weißen Halsbinde und den grünen August an.

Der Eine trinkt Wein und der Andere Schnaps.

Aber über die Gläser hinweg schielen sie einander an, und Dein langer Wilhelm schielt nach allen Beiden.

Es ist wahrhaftig so.

Und der Wilhelm hat Dir nichts gesagt?

Kein Sterbenswort.

Er darf Geheimnisse vor Dir haben?

Die Blondine wurde dunkelroth. Sie wollte aufspringen, wahrscheinlich, um ihrem langen Wilhelm zu zeigen, daß er keine Geheimnisse vor ihr haben dürfe.

Die Brünette hielt sie zurück.

Still! Sieh, der Hofrath zieht seine Uhr hervor. Er giebt dem langen Wilhelm einen Wink. Der lange Wilhelm sieht sich nach dem Fenster um. Ei, und da will er gar hinausgehen! Vielleicht ganz fort! Ohne Dir etwas zu sagen? Ei, ei!

Die hübsche Blondine wurde feuerroth. Sie war nicht mehr zu halten. Sie sprang auf, sie flog zu dem langen Wilhelm.

Wohin willst Du?

Einen Augenblick der lange Wilhelm.

Seine Schöne li

Das ist nicht wa

Gewiß nicht.

Mit dem Hofrath und dem grünen August.

Aber gewiß nicht, sage ich Dir.

So? Meinst Du, ich hätte es nicht gesehen, wie Ihr Euch anschieltet? Wie einer nach der Uhr sah und dann Dir —?

Der lange Wilhelm sah sich verrathen. Er mußte gute Miene zum bösen Spiel machen. Und er kannte die hübsche Blondine.

Liebes Kind, sagte er zu ihr, sagen darf ich Dir nichts, meine Ehre erlaubt es mir nicht. Aber wenn Alles gut geht, so hast Du morgen ein neues Kleid, und am Sonntag fahren wir nach Tegel. Jetzt laß mich gehen.

Die hübsche Blondine war vollkommen befriedigt.

Er verließ den Keller. Die neugierige Brünette wollte nicht minder befriedigt werden, wenigstens in ihrer Neugierde. Sie ging zu dem Hofrath mit der weißen Halsbinde.

Wie viel Uhr ist es, lieber Hofrath?

Wollen Sie es ganz genau wissen, meine Verehrungswürdigste? entgegnete der Hofrath mit einer beinahe feierlichen Höflichkeit.

Wenn Sie es mir genau sagen können?

Das kann ich. Es ist eine halbe Minute vor Eins.

Schon so spät?

Ist es Ihnen zu spät?

Mir nicht, aber Sie schienen eben ungeduldig zu sein, als Sie den langen Wilhelm hinausschickten?

Ei, sieh da. Diese schönen braunen Augen sehen scharf.

Sie haben noch etwas vor, Hofrath.

Wollen Sie mich begleiten, meine Schöne? Es wird mir eine Ehre sein.

Ich danke Ihnen.

Nun, dann bleiben Sie hübsch ruhig hier zurück, und beobachten Sie andere Leute. Nehmen Sie aber Eine gute Lehre in Empfang. Wenn Sie von dem, was Sie bis jetzt gesehen haben, ein einziges Wort ausplaudern, so wird der grüne August Ihnen morgen den Hals umdrehen. Schlafen Sie wohl, mein schönes Kind!

Damit stand der Hofrath auf.

Unmittelbar vorher war die Gestalt des langen Wilhelm in der Thür des Kellers erschienen. Aber nur, um sich zu zeigen. Sie war sofort wieder verschwunden.

Der Hofrath hatte ihn gesehen. Er verließ, mit dem gleichgültigsten Gesichte von der Welt, ebenfalls den Keller.

Das ist ein grober Mensch! sagte die neugierige Brünette hinter ihm her.

Es giebt auch wirkliche Hofräthe, die grob sind. An den grünen August wagte sich die hübsche Brünette nicht. Er sah ihr wohl zu derb und zu knurrig aus. Nach einer Minute verließ übrigens auch der grüne August den Keller.

Wir folgen ihm.

Er sah nicht weit von dem Keller, an der Ecke der Jerusalemer Straße und des Dönhofsplatzes drei Männer beisammen stehen. Er ging auf sie zu.

Der eine von ihnen war der Hofrath mit der weißen Halsbinde, der zweite der lange Wilhelm.

Der dritte war ein großer, hübscher, junger Mann mit einem glänzend schwarzen krausen Barte. Er trug einen farblosen Ueberrock, wie der lange Wilhelm. Der Rock saß ihm aber besser, man sah seine schöne, kräftige Figur darin.

Die drei sprachen leise mit einander. Der Hofrath schien, als der grüne August sich nahete, dem Dritten, dem hübschen jungen Manne, mit dem schwarzen, krausen Bart, etwas mitzutheilen oder auseinander zu setzen. Er war damit fertig.

Wohlan, sagte der hübsche, junge Mann, so vertheilen wir unsere Rollen. Du, Hofrath, kennst das Haus am besten. —

Man kennt aber auch mich im Hause, fiel der Hofrath ein.

Richtig, daher mußt Du draußen bleiben. Von da kannst Du uns Andern auch am besten dirigiren. Der Mann schläft unten nach dem Hofe hin, sagst Du?

Unten, nach dem Hofe hin.

Man kann auch nur vom Hofe her zu seiner Stube gelangen?

Nur von daher. Vorn, gleich an der Hausthür, schläft der Hausknecht. Auf der Straße ist überdies immer eine Nachtwache.

Der Hof stößt an den Charitékirchhof. Man kann also leicht hineingelangen. Vergiß nicht, daß ein großer Hund ihn bewacht, der frei herumläuft.

Für den Hund sorge ich, nahm der grüne August das Wort.

So ist er versorgt. Also weiter. Vom Hofe her können wir nicht durch die Thür in das Haus?

Sie ist dreifach verschlossen und verriegelt. Dagegen hilft nichts. Diese Ochsenhändler wollen auf ihrem Gelde ruhig schlafen.

Und die Fenster haben Traillen?

Feste eiserne Traillen, und zwar nach innen, nicht draußen.

Pah, um so leichter kann man die Fenster ausnehmen, und unsere Sägen zerschneiden das alte rostige Eisen wie Glas. Wie viele Stäbe sind da?

Die Stube hat nur ein Fenster mit drei Traillen. Sie stehen so dicht beisammen, daß zwei durchgesägt werden müssen.

Der lange Wilhelm und der grüne August übernehmen das.

Ja, sagten die Beiden.

4*

Der Hofrath und ich, fuhr der junge Mann mit
dem schwarzen Barte anordnend fort, halten unterdeß
Wache. Sind die Beiden fertig, so bleibt der Hofrath allein draußen. Wir drei Andern steigen durch
das Fenster. Das Weitere wird sich finden. Hat Jemand noch ein Bedenken? Sonst brechen wir auf.

Der grüne August hatte ein Bedenken.

Solche Pommersche Ochsenhändler sind handfeste
Bursche, und für ihr Geld wehren sie sich bis auf
den Tod. Da bleibt dann zuletzt nur ein Messerstich
übrig, der für immer still macht.

Fürchtest Du Dich vor dem Stich, grüner August?
fragte der Hofrath.

Das nun just nicht. Aber man muß doch wissen,
ob es sich lohnt.

Darüber kannst Du Dich beruhigen. Hast Du
gestern die Bossische gelesen?

Wie werde ich nicht?

So wirst Du darin gefunden haben, daß der
Mann heute Morgen mit dreiundvierzig fetten Ochsen
eingetroffen ist. Die hat er im Laufe des Tages alle
verkauft. Rechne ich nun das Stück im Durchschnitt
auch nur zu funfzig Thalern —

Schon gut, schon gut, sagte der grüne August.

Er war befriedigt, wie vorhin die hübsche Blondine.

Uebrigens bemerkte der Hofrath noch, lassen diese
Ochsenhändler was drauf gehen. Und wenn der Mann
ganz gute Geschäfte gemacht hat, so wird für heute
Nacht der Wein ihn so todt gemacht haben, daß Ihr
Eure Messer sparen könnt.

Das ist mir einerlei, meinte der grüne August jetzt.

Fort also! drängte der junge Mann mit dem
schwarzen Barte. Um halb . . . .
vorbei sein.

Hast Du wieder keine Zeit mehr, schwarzer Nacht=
rabe? lachte der Hofrath.

Der junge Mann antwortete nicht.

Wir gehen einzeln, sagte er nur noch. An der
Nordseite des Charitékirchhofes treffen wir uns wieder.

Sie gingen nach verschiedenen Richtungen auseinan=
ander.

Wir folgen dem großen, schönen, jungen Manne
mit dem schwarzen, krausen Barte, den der Hofrath
„schwarzer Nachtrabe" genannt hatte.

Er ging mit schnellem, aber ruhigem Schritt durch
die Leipzigerstraße in die Friedrichsstraße hinein und
dann diese bis zum Oranienburgerthor hinunter. Das
Thor durchschritt er; dann ging er weiter geradeaus in
die Chausseestraße hinein. In der Nähe der Invali=
denstraße blieb er einen Augenblick stehen. Er betrach=
tete sich genau ein langes, links an der Straße gele=
genes Haus. Es lag völlig dunkel da. Als er nach
wenigen Sekunden seinen Weg wieder fortsetzte, sprach
er einige Worte mit sich.

Bah, man muß vor allen Dingen leben. Es ist
eine Pflicht sogar. Man muß sich also auch sein Leben
erwerben. Jeder auf seine Art. Weiß Jeder, wie
der Andere es sich erwirbt? Was braucht denn die
Welt zu wissen, wie ich es mir erwerbe? — Dem
dicken Ochsenhändler kann es zwar ans Leben gehen.
Sie werden wenig Umstände mit ihm machen. War=
um hängt sein Herz an dem überflüssigen Mammon,
um den er zudem arme Leute genug betrogen haben
mag?

Er hatte die Invalidenstraße erreicht und ging
links in sie hinein. Nach kurzer Zeit kam er an die
Mauer des Charitékirchhofes. Zwei von seinen Ge=
nossen warteten dort schon auf ihn, der Hofrath und
der lange Wilhelm.

Die Luft ist rein, sagte der Hofrath, wenn der
grüne August da wäre, könnten wir sofort beginnen.

Auch der grüne August kam.

Wo warst Du so lange?

Er lachte.

Ich habe noch schnell einen betrunkenen Kaufmanns=
diener nach Hause gebracht.

Hast Du etwas dabei verdient?

Er schenkte mir seine Börse, die er freilich seinem
Prinzipal gestohlen hatte.

Vorwärts! befahl der schwarze Nachtrabe.

Sie gingen zu einem Thore, das sich in der Kirch=
hofsmauer befand und überstiegen es leicht. Die
Chaussee war fortwährend leer geblieben. Dann durch=
schritten sie den Kirchhof in der Richtung nach Süd=
osten. Der Hofrath führte sie, zwischen Gräber und
Gebüsch, zwischen denen die tiefste Stille herrschte.
Auch die vier Diebe gingen still und schweigend.

Doch der Hofrath mußte sprechen; er war ein
gebildeter Mensch und ein Philosoph dazu.

Langer Wilhelm, sagte er, weißt Du, wer unsere
besten Freunde sind?

Haken und Nachschlüssel, antwortete der lange
Wilhelm.

Nein, die Todten und ihre Gräber sind es. Auf einem
Kirchhofe bist Du außer aller Gefahr, wenn es nur
dunkel darauf ist. Nimm Dir das zur Lehre, Du
bist noch ein junger Mensch. — Ah, hier müssen wir
Halt machen. —

Sie hatten den Kirchhof bis zu seiner östlichen
Seite überschritten. Hier standen sie wieder an einer
Mauer, die sie übersteigen mußten, denn eine Thür
oder eine andere Oeffnung war nicht da. Der grüne
August hatte eine Strickleiter bei sich.

Langer Wilhelm, sagte er, springe auf.

Er stellte sich unmittelbar an die Mauer und
bückte sich. Der lange Wilhelm war mit einem Satze
auf seinem Nacken. Der Andere erhob sich wieder.
Mit einem zweiten Satze saß der lange Wilhelm oben

auf der Mauer, die Strickleiter hatte er sich um den Leib geschlungen. Oben befestigte er sie an der vorspringenden Bedeckung der Mauer.

Vorwärts, sagte er dann.

Er selbst blieb rittlings oben sitzen. Der Hofrath hatte sich unterdeß auf ein Grab gesetzt und hatte ein paar ungeheure Filzschuhe aus seiner Tasche genommen, die er über seine Stiefeln zog.

Zum Teufel, Hofrath, was machst Du da? lachte der lange Wilhelm von oben.

Ah Bursch, ich sehe Du bist lernbegierig. So lerne. Sieh, ich habe einen feinen, aristokratischen Fuß, der könnte sich da am Hause irgendwo abbrücken und man würde dadurch auf meine Spur kommen. Ich bin ein alter Roué, dem man aufpaßt. Zudem hört man mich in dem weichen Filz nicht.

Du bist ein Teufelskerl, Hofrath.

Du nicht.

Mit diesen Worten stieg der Hofrath zuerst an der Strickleiter auf die Mauer. Sie reichte auch auf der andern Seite bis zur Erde. Der Hofrath ließ sich dort an ihr hinunter, der grüne August folgte ihm, diesem der schwarze Nachtrabe.

Soll die Leiter hier hängen bleiben? fragte der lange Wilhelm.

Ich denke, um der Sicherheit willen, sagte der Hofrath.

Ja, entschied der Nachtrabe.

Der lange Wilhelm sprang von der Mauer hinunter, ohne sich der Strickleiter zu bedienen. Er konnte es mit seinen langen Beinen und seinem lange Leibe.

Er war aber doch ungeschickt gewesen und hatte zu viel Geräusch gemacht. Ein Hund schlug in der Nähe an.

Verdammter Tölpel! knurrte der grüne August den Langen an.

Der Hund bellte lauter.

Tölpel alle Beide! flüſterte leiſe der Hofrath! — Was haſt Du für den Hund, Grüner? Braten mit Krähenaugen. Gieb her. Jetzt kann nur Einer gehen, ich kenne den Weg, wartet, bis ich zurückkomme.

Der Grüne gab ihm den Braten mit den Krähen= augen, womit er ſich entfernte. Die Andern blieben zurück.

Es war tief dunkle Nacht um ſie her, nirgends war ein Licht zu ſehen. Sie ſtanden an der Mauer des Kirchhofes. Vor ihnen erhoben ſich in einiger Entfernung am Nachthimmel die Dächer einer Reihe von Häuſern, es waren die Häuſer der Chauſſee= ſtraße. Weiter ſahen ſie nichts.

Eins von den Häuſern war das Wirthshaus, in dem der Ochſenhändler logirte, dem ſie ihren Beſuch und noch etwas Anderes zugedacht hatten. Welches Haus es in der Reihe war, wußten ſie nicht; nur der Hofrath, der nicht bei ihnen war, kannte die Ge= gend. Die Anderen hatten, um keinen Verdacht gegen ſich zu erregen, vorher ſich nicht hingewagt, noch weniger wußten ſie, auf welchem Wege ſie zu dem Hauſe hingelangen ſollten, die Dunkelheit ließ ſie nichts genau unterſcheiden. Sie mußten warten, bis der Hofrath zurückkam.

Aber auch der Hund war ſtill geworden. Auf einmal hörten ſie dieſen wieder bellen, er ſchlug nur ein einziges Mal an. Dann war es wieder völlig ſtill. Nach einer Minute hörte man wieder et= was, es war aber nur ein leiſes Wimmern und Stöhnen.

Der iſt bewahrt und aufgehoben, ſagte der lange Wilhelm, der mit ſeiner hübſchen Blondine zuweilen in das Königsſtädtiſche Theater ging.

Aber plötzlich hörte man deutlich eine Thür auf= gehen, dann erſchien ein heller Lichtſchimmer. Beides in der Gegend, in welcher man das Bellen und darauf das Winnern des Hundes gehört hatte.

Sie werden den todten Hund finden, sagte der grüne August. Dann ist Alles vorbei.

Ob wir hinmachen? rief eifrig der lange Wilhelm.

Wozu, Bursch?

Um den Kerl, der da leuchtet, zu dem todten Hunde zu legen.

Narr, knurrte der Grüne nur.

Der schwarze Nachtrabe entschied. Haltet Euch hier ganz ruhig.

Drei Minuten später kam eilig der Hofrath zurück.

Es ist Alles vorbei, Hofrath?

Es geht Alles gut. Nur schnell vorwärts.

Aber was gab es denn?

Was ich mir gedacht hatte. Der Hund fuhr auf mich ein, als er mich gewahrte, ich warf ihm den Braten des Grünen hin, er verzehrte ihn mit Appetit, dann bekam er Bauchgrimmen, dann stimmte er seine Todtenklage an. Darauf streckte er seine Glieder aus und verschied. Dann kam — man hatte sein Bellen im Hause gehört — ein schläfriger Hausknecht mit einer Laterne, leuchtete umher, sah den todten Hund, freute sich, daß das Thier wieder so ruhig dalag, und kehrte in das Haus zurück. Er wird jetzt um so ruhiger schlafen, und wir können um so sicherer arbeiten.

Sie gingen vorwärts, kamen in einen langen Gemüsegarten, durchschritten ihn der Länge nach und stießen auf einen hölzernen Zaun. Es war ein Pförtchen darin, aber es war verschlossen. Sie kletterten leicht über den niedrigen Zaun und gelangten in einen länglichen Hofraum, dreißig Schritte weit von einem Hause.

Das ist das Haus, sagte der Hofrath, mit ihnen darauf zugehend.

An ihrem Wege lag die kleine Hütte des todten Hundes, der ausgestreckt daneben lag.

Von dem Hause trennte sie nichts mehr, es lag in seiner Breite vor ihnen. In der Mitte hat es eine Thür. Links von der Thür befanden sich Küche und Vorrathskammern, rechts lagen Wohn= und Fremdenzimmer. Ein Fenster gleich neben der Thür bezeichnete der Hofrath.

Hier schläft er.

Das Fenster mußte näher in Augenschein genommen werden. Es war etwa fünf Fuß hoch von der Erde; aber es war inwendig mit Gardinen versehen, so daß man nicht hindurch blicken konnte. Nur drei dicke eiserne Stangen zeichneten sich vor den weißen Vorhängen ab. Hinter den Vorhängen brannte kein Licht, auch die sämmtlichen übrigen Fenstern des Hauses waren dunkel, ebenso die der Nachbarhäuser.

Irgend einen Laut hörte man in der späten Nacht, oder an dem frühen Morgen, weit und breit nicht.

Ans Werk, kommandirte der junge Mann, der der schwarze Nachtrabe genannt wurde. Der Hofrath nimmt zuerst das Fenster aus, er hat die leichteste Hand, Ihr beiden Andern durchsägt dann die Traillen, ich patrouillire unterdeß.

Sie machten sich ans Werk. Der Hofrath zog ein Leinwandtuch, eine kleine Flasche und ein Futteral hervor; die Leinwand breitete er aus, die Flasche entkorkte er, aus dem Futteral nahm er einen Pinsel, tauchte ihn in die Flasche und bestrich die Leinwand damit. Mit dem mit klebendem Leim getränkten Tuche drückte er leise gegen eine Scheibe des Fensters mit leichter und sicherer Hand. Die Scheibe zerbrach, ihre Stücke blieben an dem Tuche kleben; man hatte keinen Laut gehört.

Durch die Oeffnung langte der Hofrath noch mit seiner leichten Hand, um geräuschlos von innen das eingehakte Fenster zu öffnen. Auch das gelang ihm.

Jetzt thut Ihr das Eurige, ich hab' das Meinige gethan! sagte er dann und ging dem schwarzen Nachtraben nach.

Der grüne August und der lange Wilhelm hielten ihre wundervoll feinen, kleinen Sägen von dem allerstärksten Stahl schon bereit. Sie begannen damit ihre Arbeit und waren nicht minder gewandt und geschickt, wie der Hofrath; die beiden Stangen, die sie durchzusägen hatten, umwanden sie vorher oben und unten mit Lappen. Dann sägten sie, und ihre Arbeit machte kein anderes Geräusch, als das Summen einer Biene.

Sie wurden durch nichts unterbrochen. Nur einmal regte sich etwas jenseits der Vorhänge, im Hintergrunde des Zimmers, es lautete, als wenn ein schwerer Mensch sich im Bette umdrehe. Aber es folgte nur ein lautes und regelmäßiges Schnarchen, das das Summen des Sägens übertönte; die Diebe hörten dieses selbst kaum mehr, sie konnten sich bei ihrer Arbeit unterhalten.

Der hat schwer geladen, sagte der grüne August.

Solch' ein Ochsenhändler hat doch ein gutes Leben, sagte der lange Wilhelm.

Bis man es ihm nimmt, lachte der Andere.

Ja, der Tod ist der Rest.

Hast Du schon Einem den Rest gegeben, langer Wilhelm?

Nein.

Man muß einmal anfangen.

Muß man? fragte der junge Mensch von kaum zwanzig Jahren.

Wenn man ein rechter Kerl sein will. Wer noch Keinen umgebracht hat, der fürchtet sich noch selbst vor dem Tode. Du hast doch Dein Messer bei Dir?

Ja. Aber —

Aber, Mensch? Du fürchtest Dich noch?

Ist es denn nöthig, daß hier Gebrauch davon gemacht wird?

Das wird darauf ankommen. Bleibt er am Schnärchen, so bleibt er am Leben. Sonst — man muß sich seiner Haut wehren, langer Wilhelm.

Das muß man, das ist man sich schuldig, sagte der lange Wilhelm, und seine Gewissensskrupel waren schon wieder fort.

Die Arbeit war gethan. Die eisernen Stangen waren alt und rostig, wie der schwarze Nachtrabe vorher geahnt hatte, und hatten bald dem scharfen Stahl und den geschickten, kräftigen Händen, die ihn führten, nachgegeben. Der grüne August bog die oberen Enden, das Blei, mit dem sie eingelöthet waren, gab ebenfalls nach. Er nahm sie ohne Mühe ganz heraus. Das Fenster stand offen.

Der lange Wilhelm holte die beiden Andern herbei.

Hinein! befahl der schwarze Nachtrabe.

Er selbst ließ sich zuerst durch das offene Fenster in das Zimmer hinein.

Du, Bursch, schob dann der grüne August den langen Wilhelm vor, Du möchtest Dich sonst wie ein altes Weib davon machen.

Der lange Wilhelm sprang um so entschlossener in die Stube, der grüne August folgte mit einer gewissen feierlichen Ruhe, der Hofrath mit seinen klugen, wachsamen Augen stand auf Wache.

Die drei Diebe waren in einem schmalen etwas länglichen Zimmer. Sie sahen sich zur Genüge für ihren Zweck darin um, denn die dunkelste Nacht giebt dem scharfen und erfahrenen Blicke des Diebes noch immer Helle genug.

Das Zimmer hatte zwei Thüren sich gerade dem Fenster gegenüber gangsthür, die in den Flur oder in Hauses führte. Die zweite war in b von dem Fenster; und führte in ein nebenan gelegenes Fremdenzimmer.

Zwischen beiden Thüren stand an der Mauer ein Bette, das mit fest zugezogenen Vorhängen versehen war. Hinter den Vorhängen hörte man noch immer das ruhige Schnarchen des Ochsenhändlers, es war nur nicht mehr so laut.

Außerdem waren in dem Zimmer nur noch eine Commode, ein runder Tisch, ein Waschtisch und drei Stühle. Von den Stühlen standen zwei vor dem Bette, auf dem einen lag ein lederner Nachtsack, auf dem andern die Kleidung des Schlafenden; der dritte, vor dem runden Tische stehende Stuhl war leer. Auf dem Tische stand eine ausgelöschte Talgkerze.

Grüner August, sagte flüsternd der schwarze Nachtrabe, Du stellst Dich an das Bette, während wir zwei Andern nach dem Gelde suchen. Sofern er sich regt, so weißt Du, was Du zu thun hast.

Zum Regen werde ich ihn nicht kommen lassen, lachte der grüne August.

Aber auch ohne Noth keinen Mord!

Ohne Noth? Was ist Noth?

Der Dieb hatte sein langes, durch die Dunkelheit blitzendes Messer schon in der Hand und stellte sich damit an das Bett des Schlafenden. Die Vorhänge schob er auseinander, aber gerade nur so weit, daß sein Blick und seine Hand hindurchreichen konnten. So wie der Schlafende aufwachte und sich rührte, an dem Diebe lag es nicht, wenn er in demselben Augenblicke zurücksank, um nie wieder aufzustehen.

Durchsuche die Commode, sagte der Nachtrabe zu dem langen Wilhelm.

Er selbst durchsuchte die Kleidungsstücke und den Nachtsack, fand aber nichts darin.

Hast Du nichts gefunden? fragte er den langen Wilhelm?

Die Thüren und Kasten der Commode hatten zwar

wohl offen gestanden, der lange Dieb hatte sie auch sorgfältig genug durchsucht, gefunden hatte aber auch er nichts.

Der Mann ist sicher gegangen, sagte der Nacht=rabe, er wird sein Geld im Bette unter seinem Kopf=kissen haben.

Es thut mir leid um ihn, meinte der lange Wil=helm.

Warum?

Es wird ihm den Hals kosten, den er sonst hätte sparen können.

Meinst Du?

Wenn der Hofrath noch hier wäre — der hat eine verdammt leichte Hand.

Er wird auch unter meiner Hand nicht erwachen.

Der Nachtrabe ging zu dem Bette.

Mach' Platz, sagte er zu dem grünen August.

Der Dieb hatte Alles gehört; er trat zurück.

Der Nachtrabe trat an seine Stelle und schob die Vorhänge des Bettes ganz zurück.

Der Ochsenhändler lag da, völlig ausgestreckt auf dem Rücken, die Arme hinter dem Kopfe zurückge=schlagen. Es war eine kräftige, fast kolossale Gestalt. Er schlief fest, er schnarchte noch immer.

Der Nachtrabe fühlte im Bette umher, ohne den Körper des Schlafenden zu berühren. Er fand nichts. Was er suchte, konnte er nur unter dem Kopfkissen finden. Kopf und Arme hatten das ganze Kopfkissen eingenommen. Der Dieb mußte sie berühren, wenn er das Kissen nur anrühren wollte.

Er schob die Hand leise unter das Kissen, der Schlafende bewegte sich nicht. Er ging mit der Hand weiter vor.

Ist etwas da? fragte mit dem leisesten Flüstern der lange Wilhelm.

Er war noch jung; die Spannung, die während

der Vollführung seiner That über jeden Verbrecher kommt, ergreift ihn mit doppelter Gewalt.

Es ist etwas da, antwortete der Nachtrabe.

Unter dem Kopfe?

Tiefer, gerade unter den Schultern.

Und Du kannst nicht heran? fragte der grüne August, der fast in nicht geringerer Spannung, wie der junge Dieb, wieder näher herangetreten war.

Er liegt fest darauf, erwiderte der Nachtrabe, mit seiner ganzen Schwere; man müßte ihn mit Gewalt wegschieben.

Ei was, sagte der grüne August.

Er trat an das Kopfende des Bettes.

Was willst Du?

Kurzen Prozeß machen; vom Wegschieben wacht er auf.

Die Augen des entschlossenen Diebes glühten unmittelbar über dem Kopfe des Schlafenden. Sie glühten durch das Dunkel der Nacht neben seinem blitzenden Messer. Die Wuth des Verbrechers war über ihn gekommen, die Wuth des Mörders.

Noch nicht, befahl der Nachtrabe.

Er fuhr noch einmal mit der Hand unter das Kissen.

Aber wenn er sich rührt! sagte der Grüne.

Dann ja. Aber da habe ich schon etwas.

Was ist's.

Ein lederner Beutel.

Hast Du ihn gepackt?

Ja.

Kannst Du ihn herausziehen?

Ich hoffe.

Er zog, langsam, mühsam. Der Schlafende rührte sich nicht. Wenn er sich gerührt hätte, wäre er verloren gewesen. Er lag breit auf dem Rücken, seine Brust lag voll und offen da; das Hemd hatte sich verschoben. Wäre es hell in dem Zimmer gewesen,

man hätte seinen Herzschlag sehen können. Die glü=
henden Mörderaugen des älteren Diebes schienen ihn
auch durch das Dunkel zu sehen. Gerade über dem
Herzen des Schlafenden hielt er die Spitze seines
Messers. Der jüngere lange Dieb hatte sich an seine
Seite geschlichen, jene Spannung war auch bei ihm
zur Wuth geworden.

Ich fahre ihm in die Gurgel, wenn er zuckt, flüsterte
er seinem Nachbar in's Ohr.

Der Grüne nickte.

Der schwarze Nachtrabe hatte völlig seine Ruhe,
seine Besonnenheit, sein kaltes Blut behalten. War
er zum Räuber, zum Mörder geboren? Oder hatte
eine Unzahl von Verbrechen ihn früh abgestumpft?

Es geht so nicht, sagte er. Er liegt zu schwer.

Zieh nur härter, sagte der Grüne.

Hast Du es?

Sogleich.

Zieh noch härter.

In demselben Augenblicke fuhr der Schlafende auf.

Halloh! rief er, aber noch im Schlafe.

Er war mit seinen schweren, kräftigen Armen in
die Höhe gefahren, plötzlich, hastig, wie man im Schlafe
thut. Darauf waren der Grüne und der Lange nicht
gefaßt gewesen. Er traf ihre Hände, daß sie zurück=
flogen.

Mit dem Herumwerfen der Arme hatte er auch
seinen Körper herum geworfen, er lag auf der Seite
und war nicht erwacht.

Das Kopfkissen war halb frei, was darunter lag,
wollte der Nachtrabe ganz hervorziehen. Die Hände
und die Mordwaffen seiner beiden Genossen waren
wieder da; er wehrte sie zurück.

Es ist kein Mord nöthig.

Sollte er doch nöthig werden? —

In dem Zimmer nebenan wurde es laut.

Mit wem sprichst Du da, Joachim? rief eine kräf=

tige Mannsstimme. — Ein Kamerad des Ochsenhändlers mußte dort schlafen und plötzlich erwacht sein.

Die Stimme weckte den Ochsenhändler.

Ich? rief er laut auf und fuhr mit der Hand nach den Augen, um sich den Schlaf hinauszureiben; seine Hand flog gegen eine andere.

Ho! rief er.

Der schwarze Nachtrabe hatte einen schweren Geld= beutel hervorgezogen.

Mein Geld! rief der Ochsenhändler; oder viel= mehr er wollte es rufen, das letzte Wort hörte man nicht mehr. —

Fort! befahl der schwarze Nachtrabe.

Alle drei sprangen leicht und leise durch das Fen= ster. Draußen stand der Hofrath.

Habt Ihr es?

Ja.

Fort!

Sie flogen zu der Mauer des Charité=Kirchhofes und an der Strickleiter über sie hinweg, zwischen den Gräbern und dem Gebüsch des Kirchhofes verschwan= den sie.

5.

Ein Polizeirath.

Um fünf Uhr Morgens hatte der Ochsenhändler Joachim Nettelberg abreisen wollen.

Der schläfrige Hausknecht war pünktlich im Auf= machen und Wecken. Um vier Uhr wachte er auf, reinigte Stiefel und Kleider der in dem Wirthshause logirenden Fremden und ging dann, fünf Minuten vor halb fünf, den Ochsenhändler zu wecken.

Er klopfte an die Thür.

Herr Nettelberg, es ist Zeit.

Er erhielt keine Antwort.

Er klopfte und rief noch einmal, lauter.

In dem Zimmer des Ochsenhändlers regte und rührte sich nichts.

Er schüttelte den Kopf und versuchte die Thür zu öffnen, sie war von innen verschlossen. Er wollte heftiger gegen sie stoßen. Da wurde es laut, aber nebenan.

Seid ihr es, Hausknecht?

Ja, Herr Kalbermann.

Der Nettelberg will nicht wach werden?

Mit aller Gewalt nicht, Herr Kalbermann.

Ja, ja, er war noch spät in der Nacht wach, ich hörte ihn sprechen. Es muß Jemand bei ihm gewesen sein. Ich rief ihm zu, mit wem er da rede? Er antwortete mir auch, ich konnte es aber nicht verstehen und da bin ich wieder eingeschlafen.

Es ist doch kurios, meinte der Hausknecht.

Es fiel ihm wieder ein, was er selbst in der Nacht gehört hatte, das Bellen und Wimmern des Hundes. Er ging auf den Hof, zu der Hütte des Hundes. Da sah er dann, was er in der Nacht nicht gesehen hatte, der Hund lag todt da.

Erschreckt wandte er sich zurück nach dem Hause und er sah das offene Fenster in der Stube des Ochsenhändlers. Er erschrak noch mehr, als er die zerbrochene Scheibe, die herausgerissenen eisernen Traillen fand.

Er sah durch das Fenster in die Stube, sein Blick fiel gerade dem Fenster gegenüber auf das Bett. Die Vorhänge waren zurückgeschlagen. In dem Bette lag der Ochsenhändler, ruhig, ohne Bewegung, mit dem Gesichte nach der Wand, als wenn er schlafe.

Aber auch von dem Hunde hatte der Hausknecht in der Nacht gemeint, daß er schlafe. — Er sah noch einmal hin. Die weißen Betttücher hatten so merkwürdige lange, dunkle Flecken, vor dem Bette glänzte eine röthlich dunkle Flüssigkeit.

Blut? sagte sich der Hausknecht, und sein eigenes Blut wollte ihm in den Adern erstarren.

Blut! rief er lauter. Mord! Ein Mord! rief er das Haus, die Nachbarschaft zusammen.

Man sprang durch das offene Fenster in die Stube. Der Ochsenhändler lag todt, ermordet in seinem Bette. Er hatte einen Messerstich in der Brust, einen zweiten in der Gurgel. Der erste hatte gerade in das Herz getroffen; der Tod hatte unmittelbar darauf folgen müssen.

Das Geld des Ermordeten fehlte. Er hatte am gestrigen Tage für seine verkauften Ochsen gerade zweitausend Thaler in Gold eingenommen, in einfachen und doppelten Friedrichsd'oren, sein Landsmann und Kamerad Kalbermann wußte es genau, der Ermordete hatte das Geld mit ihm vor dem Schlafengehen überzählt, dasselbe dann in seinen großen ledernen Beutel gefüllt und diesen in sein Bett unter das Kopfkissen gelegt. Beutel und Geld waren nicht mehr da.

An dem verübten Raubmorde war nicht zu zweifeln. Auch die Spur der Mörder war leicht gefunden, sie wurde mit Hülfe aber freilich unter Leitung des Reviercommissarius der Chausseestraße gesucht und verfolgt.

Die Reviercommissarien Berlins waren nicht immer große Lichter; besonders nicht vor den Thoren der Stadt.

Zur Zeit der hier erzählten Begebenheiten war zwar die Zeit der Demagogen schon vorbei und die der Demokraten war noch nicht da. Es hatte aber der beschränkte Unterthanenverstand schon angefangen zu raisonniren, und die schlechte Gesinnung wollte nicht

5*

mehr mit allem zufrieden sein, was Regierung und Polizei thaten, und diese thaten viel. Der raisonnirende beschränkte Unterthanenverstand und die unzufriebene schlechte Gesinnung waren aber hauptsächlich im Innern der Städte vertreten; vor den Thoren und auf dem Lande wenig. Darum mußte auch für gute Polizei, besonders im Innern der Städte gesorgt werden, denn draußen kam es weniger darauf an. So war es auch in Berlin.

Die dummsten Menschen halten sich für die klügsten. In der Polizei haben sie, zumal jenem beschränkten Unterthanenverstande gegenüber, das Recht, selbst die Pflicht dazu.

Der Reviercommissarius der Chausseestraße war ein dicker und bequemer Mann. Er war auch ein zuvorkommender und gefälliger Mann für diejenigen Bewohner der Chausseestraße, die gefällig und zuvorkommend gegen ihn waren, also besonders gegen die Fleischer und Bäcker, Victualienhändler, Schank- und Gastwirthe. Gegen andere Leute konnte er verzweifelt patzig werden. Herr Patzig hieß er übrigens.

Hm, hm, sagte er, als er gehört hatte, daß der Herr Kalbermann bei dem Zählen des Geldes zugegen gewesen und dann zugeben mußte, in der Nacht wach gewesen zu sein.

Er nahm den Wirth bei Seite.

Hm, hm, Herr Böhneke, wenn wir den Mörder ganz in der Nähe zu suchen hätten?

Meinen Sie, Herr Commissarius?

Der Landsmann des Ermordeten, dieser Pommersche Ochsenhändler Kalbermann —

Für den stehe ich ein, Herr Commissarius.

So, so? Das freut mich, oder eigentlich thut es mir leid; man brauchte dann nicht mühsam weiter zu suchen.

Warum sollte der Mann auch, fuhr der Wirth fort, anstatt durch die Thür zwischen den beiden Stu-

ben zu gehen, die offen stand, das Fenster zerbrochen,
die eisernen Stangen zersägt, den Hund vergiftet
haben?

Zum Schein, Herr Böhneke. Alles zum Schein.
Indeß Sie sollen Recht haben.

Man fand unterdeß die Fußspuren der Räuber.
Es sind drei oder vier gewesen, und Einer hat
einen barbarischen Fuß gehabt.

Mehr konnte man auf dem harten Boden und dem
wenigen Sande des Hofraumes nicht unterscheiden.
Die Spuren führten in den Garten, zu der Kirchhofsmauer. An dieser hörten sie auf.

Die Mörder sind über die Mauer gekommen,
schloß man.

Aber wie? Es war keine Leiter, keine Strickleiter,
sonst nichts da. Es wurde eine Leiter herbeigebracht,
man stieg über die Mauer auf den Kirchhof; auch
dort war nichts zu finden.

Hm, hm, sagte der Reviercommissarius, das sind
leichtfüßige Bursche gewesen, Seiltänzer! Hm, hm!

An der Mauer war der Boden weicher. Man unterschied deutlich die Fußtapfen von vier Menschen,
drei hatten Stiefel mit Absätzen getragen; einer un-
geheuer breite und lange Filzschuhe.

Der Polizeicommissarius frohlockte.

He, Herr Böhneke, hatte ich es Ihnen nicht gesagt?
Die Kerls sind aus der Nachbarschaft. Wer könnte
in Filzschuhen weit herkommen? Ihr Herr Kalbermann
ist es nicht, das sehe ich nun wohl, denn es sind ihrer
Vier gewesen; aber in der Nähe haben wir sie zu
suchen; es fragt sich nur noch, wer sie sind. Leicht-
füßig, Filzschuhe, großer und breiter Fuß! — Nehmen
wir zuerst das Protokoll auf, das ist die Hauptsache.

Ja, ein Protokoll war und ist ja wohl noch die
Hauptsache.

Als er es fertig hatte, war es bald Mittag.

und weil es die Hauptsache war, hatte es lange ge=
dauert.

Um Mittag hatten die sämmtlichen Polizeicommif=
farien Berlins ihre Conferenz auf dem Polizeiprä=
sidium, der dicke Reviercommissarius der Chauffee=
straße mußte also auch dahin. Er nahm sein Proto=
koll mit.

Es wird Aufsehen machen, dachte er bei sich. Und
wie werden die Criminalcommissarien rennen, um die
Thäter zu ermitteln. Mögen sie, wenn ich es nur
nicht muß. Aber ich finde sie doch am Ende zunächst,
die Filzschuhe sind aus der Nachbarschaft gekommen.

Da begegnete ihm eine schnell fahrende Droschke,
gerade am Oranienburger Thor; sie fuhr in die
Chausseestraße hinein und ein freundliches Gesicht
grüßte heraus. Der Reviercommissarius wurde braun
vor Aerger.

Der verfluchte Mensch hat schon wieder Wind;
der weiß aber auch Alles! Und er wird auch hier der
erste sein, der die Thäter ermittelt. Wenn ich nur
nicht in die einfältige Conferenz müßte.

Einfältig! Das war ein amtswidriges Wort, aber
auch Polizeibeamte können sich vergessen.

Er kam in die Conferenz und theilte sein Proto=
koll mit, es machte wirklich Aufsehen. Ein eifriger
Criminalpolizeiinspektor kam sofort an ihn heran, sie
waren alte Freunde.

Hast Du schon auf eine bestimmte Person Ver=
dacht?

Ich hatte noch keine Zeit —

Ueberlasse mir die Sache.

Ich möchte selbst gern —

Was ich ermittele, wir haben es gemeinschaftlich
erforscht; so mache ich mein Protokoll.

Gut dann. Aber der Polizeirath begegnete mir
schon am O████nburgerthor.

Der ver████te Kerl steht mir überall im Wege,

ich hätte längst vor ihm Rath werden müſſen, wenn
er nur biesmal nichts ermitteln möchte.

Er hat mein Protokoll nicht.

Laß es mich noch einmal leſen.

Hier.

Das Steigen über die Mauer! Sie iſt funfzehn
Fuß hoch —

Da muß ein Seiltänzer dabei geweſen ſein.

Es gibt auch lange Beine, die auf keinem Seile
getanzt haben und dann die Filzſchuhe —

Die ſind aus der Nachbarſchaft gekommen.

Wer weiß? Ich habe da meine eigenen Gedanken,
wenn ich nur erſt einen recht langen Kerl wüßte. Die
Berliner Diebe ſind meiſt ſo klein, da iſt wohl der
Wilhelm Neumann, den langen Wilhelm nennen ſie
ihn, aber er iſt eigentlich nicht ſo klein, als ſeine Kameraden und dann iſt er auch ein Taps und noch zu
jung; aber ich werde ſchon Einen finden, laß mich
nur machen. —

In der Chauſſeeſtraße ſuchte zu derſelben Zeit ein
anderer Polizeibeamter in anderer Weiſe und mit weniger Zuverſicht die Spur der Mörder.

Der Polizeirath, auf dem der Commiſſarius wie
der Inſpektor gleich eiferſüchtig waren, der Alles zuerſt erfuhr und Alles herausbrachte, hatte auch von
dem Mord in der Chauſſeeſtraße ſchnelle Kunde erhalten und ſich ſofort auf den Weg gemacht, um an
Ort und Stelle das Verbrechen weiter zu verfolgen.
Er hatte mit ſeinem ruhigen, beſonnenen und freund-
lichen Weſen ſich Alles erzählen und zeigen laſſen.

Dabei hatte er einerſeits genauer geſehen, als der
dicke Revierkommiſſarius. Er entdeckte nicht blos die
plumpen Filzſchuhe und die berben Stiefelabſätze, er
bemerkte auch, daß einer der Stiefel ein ſehr fein ge-
arbeiteter geweſen war, und einem ſehr feinen, ſchma-
len ariſtokratiſchen Fuß gehört hatte, dann fand er an
der Bedachung der Kirchhofsmauer Spuren der

Strickleiter, die dort befestigt gewesen war. Ein klei=
ner Einschnitt, den das Seil in einem Ziegelstein ge=
macht hatte, zeigte sie ihm.

Dieser Umstand, dazu die Vergiftung des Hundes,
das Durchsägen der eisernen Stangen, das Erbrechen
des Fensters durch ein mit Leim getränktes Tuch, über=
zeugten ihn, daß die That, von sehr verwegenen, so
auch von nicht minder erfahrenen und mit allen Hülfs=
mitteln versehenen Verbrechern verübt sein müsse. Wo
aber diese in dem ungeheuren Haufen der verwegenen
und erfahrenen Berliner Verbrecher auffinden?

Auf einmal war ihm ein helles Licht aufgegangen.
Er hatte andererseits ein besseres Gedächtniß, als der
Polizeiinspektor.

Gute Augen und ein gutes Gedächtniß, die ma=
chen hauptsächlich den tüchtigen Sicherheitsbeamten
einer großen Stadt. Er muß dabei freilich die Gabe
der Combination haben.

Er hatte die großen, breiten Spuren der Filzschuhe
gesehen. Der Hofrath! rief er auf einmal aus. Er
muß seit vierzehn Tagen aus dem Zuchthause zurück
sein. Vor zehn Jahren war ein Mord in der Wall=
straße verübt, es waren auch Filzschuhe dabei gewesen
und der Hofrath wurde verdächtig; es konnte damals
ihm nur nichts bewiesen werden. Hier hat er das
Manöver wiederholt.

Der arme Hofrath! Auch zu einem guten Diebe
gehört ein gutes Gedächtniß.

Ich muß ihn finden, sagte der Polizeirath. — Ein
Protokoll nahm er nicht auf; aber eine Minute spä=
ter saß er wieder in seiner Droschke, die er hatte war=
ten lassen und eine Viertelstunde darauf war er im
Einwohnermeldeamt des Polizei=Präsidiums.

Das ist ein langer Titel und sie haben lange Bü=
cher da, in denen ausführlich Name und Wohnung
eines jeden Menschen, der sich in Berlin aufhält, von
Tag zu Tag ....net stehen.

Aber man kann auch des Guten zu viel thun und dann hat man eigentlich nichts gethan.

Der berüchtigte Dieb, der ehemalige Maler Carl Schütze, genannt der Hofrath, hatte sich einfach weder beim Einwohnermeldeamt, noch sonst bei der Polizei gemeldet, und so mußten sie denn sowohl bei jenem Amte wie bei der Polizei überhaupt nichts von ihm. Den Polizeirath allein hatte sein gutes Gedächtniß daran erinnert, daß der Mensch seit vierzehn Tagen eine dreijährige Zuchthausstrafe wegen gewaltsamen Diebstahls verbüßt haben müsse.

Er mußte weiter combiniren. Mit wem hatte der Hofrath vor drei Jahren Umgang gehabt? Leider hatten nur seine damaligen Genossen sich nicht so gut durchlügen können, wie der gewandtere, ehemalige Maler, und sie hatten daher längere Strafen bekommen, als er. Aber wo hatte er früher verkehrt? Der Fuchs, wenn er auch noch so lange fort war, sucht seinen alten Bau wieder auf. Hinten in der schmalen Gasse war der Fuchsbau des Hofraths gewesen.

Ein alter, oft bestrafter Dieb hielt dort einen Victualienkeller. Der Mann war indeß ehrlich geworden, und man hatte nie einen Dieb bei ihm gefunden. Freilich hatte sein Keller nur den einen Eingang von der schmalen Gasse her; aber Ausgänge hatte er nach allen Seiten.

Zu dem Victualienkeller in der schmalen Gasse fuhr der Polizeirath. — An eine glückliche Combination knüpft sich oft ein glücklicher Zufall. — Er war vorn an der Gasse ausgestiegen, er mußte überraschen. Die Polizei muß das eigentlich immer; sie kann es nur nicht immer. Auch dem Polizeirath gelang es nicht, wenigstens nicht ganz. Er glaubte zwar wohl, als er die Treppe zu dem Keller hinunter stieg, in der Tiefe ein Summen von mehreren Stimmen zu hören; allein er mußte, um in die eigentliche Kellerstube zu gelangen, ein Vorbergemach durchsc̱hen und als er deſſen Thür öffnete, ſchlug eine Glocke überlaut an und in demſelben Augenblicke hörte man in der zweiten Stube keine Stimme mehr, wohl aber haſtige und leiſe Schritte, die ſich entfernten. Der Polizeirath fand nur noch zwei Frauen in der Stube.

Die Eine war bejahrt und dick, es war die Wirthin. Der Polizeirath kannte ſie und ſie kannte ihn. Die Zweite war eine junge Frau, blaß, abgehärmt, aber auch ſo noch von großer Schönheit. Nach ihrer Kleidung gehörte ſie dem mittleren Bürgerſtande an. Freilich war dieſe Kleidung abgetragen. Der Polizeirath kannte ſie nicht:

Wo iſt Ihr Mann, fragte er die Wirthin.

Ausgegangen, Herr Polizeirath.

Wohl ſoeben? — Er zeigte auf den Tiſch, auf welchem noch halb geleerte Gläſer, Bierkrüge und Schnapsflaſchen ſtanden.

Lange iſt es noch nicht her.

Die junge Frau war aufmerkſam geworden. Sie ſah mit Beſorgniß den Beamten, dann mit Mißtrauen die Wirthin an.

Die iſt fremd, hierher verlockt, dachte ſich der Polizeirath. Das mußte er zuerſt wiſſen; er wandte ſich an ſie.

Woher kommen Sie?

Aus Poſen, antwortete ihm eine ſanfte, weiche Stimme.

Ihr Name?

Joſepha Wagner.

Verheirathet?

Unverheirathet, antwortete ſie tief erröthend.

Wie lange ſind Sie hier?

Ich bin heute früh in Berlin angekommen.

Und wer hat Sie in dieſen Keller gebracht?

Ich habe das arme Kind aus Mitleiden zu mir hereingenommen, nahm ſchnell die Wirthin das Wort.

Hier ist etwas nicht richtig, dachte der Polizeirath. Frau Liedtke wären Sie so gut?

Er öffnete eine Seitenthür, die zu der Schlafkammer der Wirthsleute führte. Er wollte die Wirthin hineintreten lassen.

Mit der rasch geöffneten Thür hatte er gegen Jemanden gestoßen. Ein Frauenzimmer flog erschreckt zurück. Sie wollte sich hinter einem Bette verbergen, es war zu spät.

Ida Spörrer! Blonde Ida, Du hier? rief der Polizeirath überrascht.

Eine hübsche Blondine trat keck vor. Sie hatte sich von ihrem Schreck erholt.

Nun ja, ich bin hier, darf ich nicht hier sein?

Nur nicht in diesem Kleide, mein Kind, lachte vergnügt der Polizeirath. Er schien für Alles Augen und für Alles ein Gedächtniß zu haben. Das Kleid hatte er erkannt, in dem er die hübsche Blondine überraschte. Sie sah es ihm an und erblaßte, war aber in demselben Augenblicke wieder gefaßt.

Was hätte Ihnen das Kleid gethan, Herr Polizeirath?

Nachher, blonde Ida. Man muß nicht das Eine durch das Andere werfen. Bleibe Du einstweilen in dieser Kammer, versuche nicht durch das Fenster zu entkommen oder mit Jemandem zu sprechen. Mein langer Gensdarm Schmidt steht draußen, und ich ließe Dich beim hellen Tage in diesem bunten Kleide durch die Hälfte der Straßen von Berlin zur Stadtvoigtei transportiren.

Er verschloß die Thür der Kammer. Darauf wandte er sich wieder zur Wirthin:

Sie, Frau Liedtke, warten jetzt wohl da vorn. Was ich der Ida gesagt habe, gilt auch Ihnen. —

Er ließ die Frau in die Vorderstube treten.

Mit der Fremden, mit der er nun allein war, war eine sonderbare Veränderung vorgegangen. Ihr Mißtrauen gegen die Gesellschaft, in der der Polizeibeamte sie betroffen hatte, war zur Gewißheit geworden, der Schutz des Beamten hätte sie dagegen beruhigen müssen. Sie war dennoch in einer Angst, über die sie nicht Herr werden konnte. Zu dem Polizeirath wagte sie nicht die Augen aufzuschlagen.

Er gewahrte es. — Hier ist ein Geheimniß, aber kein Verbrechen, war sein Gedanke, und danach richtete er sein weiteres Verhalten ein.

In welchen Angelegenheiten sind Sie nach Berlin gekommen, Mamsell?

Sie zog aus ihrer Tasche ein Papier hervor, konnte es aber nur zitternd dem Polizeirath überreichen.

Mein Paß.

Er bezeichnet Familienangelegenheiten als den Zweck Ihrer Reise. Sind diese ein Geheimniß?

Ja, mein Herr.

So habe ich kein Recht danach zu fragen, Ihr Paß macht sie unverdächtig; aber Sie sind hier in einem verdächtigen Hause; darf ich fragen, wie Sie hierher gekommen sind?

Jenes Mädchen hat mich hierher geführt.

Die ich Ida Spörrer, die blonde Ida nannte?

Dieselbe.

Und wie sind Sie zu ihr gekommen?

Ich traf sie auf der Straße.

Was war denn die Veranlassung, daß Sie mit ihr in diesen Keller gingen?

Ich fragte sie nach einem Quartier, ich hatte noch keins.

Das war Alles?

Das war Alles.

Sie konnte die paar Worte vor innerer Angst kaum aussprechen. — Auch einer, der nicht Polizeibeamter war, sah, daß sie die Unwahrheit sprach.

Der Polizeirath inquirirte demnach nicht weiter:

— Hatten Sie wirklich noch kein Quartier? fragte er nur.

Nein.

Hier können Sie nicht bleiben, fuhr er dann fort. Sie sind in einer Diebesherberge, ich werde Ihnen ein sicheres und billiges Unterkommen anweisen.

Er nahm aus seiner Brieftasche ein Blatt Papier und schrieb einige Worte darauf.

Hier, ich habe Sie dem Wirth zum rothen Adler in der Kurstraße empfohlen, ich bitte Sie, sich gleich dahin zu begeben.

Die Fremde war nur noch unruhiger, ängstlicher geworden. Sie war aufgestanden, blickte wie rathlos umher, bald nach der Thür hin, hinter welcher die Wirthin, bald nach der, hinter welcher die Geliebte des langen Diebes Wilhelm war. Aber sie mußte einen Entschluß fassen, und dem Polizeibeamten gegenüber blieb ihr nur Einer. Sie nahm von einer Bank ein kleines, in ein rothes Taschentuch eingebundenes Packetchen. Es enthielt wohl die sämmtlichen Habseligkeiten der Armen. Sie erröthete, als sie den Blick des Polizeibeamten sich darauf heften sah.

Ein anderer Blick des Beamten goß noch dunklere Gluth in ihr schönes, abgehärmtes Gesicht.

Als sie vortrat, den Keller zu verlassen, sah der Polizeirath, daß die Arme den Segen der Mutter erwartete. Dann sah er noch stille Thränen, mit denen sie den Keller verließ. Er mußte ihr noch ein paar Worte sagen:

Am Ende der Straße werden Sie eine Droschke finden, zeigen Sie dem Kutscher dies Billet, er wird Sie zum Gasthof fahren. Er ist bezahlt.

Sie ging, durch die stillen Thränen dankend.

Die würde mir jetzt Alles beichten, sagte das Polizeigemüth des Polizeiraths. Aber eine andere Stimme in ihm setzte schnell hinzu: Nein, nein, sie ist ein zu armes Geschöpf. — Es möchte denn zu ihrem eigenen Besten sein! machte eine dritte Stimme ihren Vorbehalt.

In dem Innern eines Polizeibeamten giebt es allerlei Stimmen.

Der Polizeirath ließ die blonde Ida in die Stube treten. Sie hatte seinem Befehle gehorsam, gewartet; keck war sie dennoch geblieben.

Du kennst mich, blonde Ida?

Ja, Herr Polizeirath.

Du weißt also auch, daß ich gern Geschäfte mache?

Wie so, Herr Polizeirath?

Unter Anderem eine gute Nachricht gut bezahle?

So, Herr Polizeirath?

So ist zum Beispiel dieses rothe Kleid, das Du da trägst, vorgestern Abend in der Auguststraße gestohlen.

Ich trage es aber schon seit vier Wochen, Herr Polizeirath.

Einer Hauptmannsfrau, die als gnädige Frau in Seide gehen muß und daher — ein Hauptmann zweiter Klasse hat nicht viel — ihre seidenen Fähnchen lange verwahrt.

Ich verwahre meine Kleider auch, Herr Polizeirath.

Dieses wirst Du nicht lange behalten, mein Kind.

Und warum nicht?

Weil Du es mir für die gnädige Frau zurückgeben wirst.

Nachdem ein Mädchen wie ich es getragen hat?

Sie soll es nicht erfahren. Und Dir werde ich ein neues Kleid dafür geben.

Ho, Herr Polizeirath, das soll ich Ihnen wohl gut bezahlen.

Du sollst mir nur sagen, mit wem Dein langer Wilhelm es gestohlen hat.

Der lange Wilhelm?

Von ihm haft Du es doch.

Das Mädchen besann sich. Lügen konnte ihr hier nicht helfen.

Nun ja, sagte sie.

Nun, und wer hat es gestohlen? Mit Ausnahme des langen Wilhelm, meine ich; von ihm will ich nichts wissen, nur von den Anderen. Daß die ihn nicht verrathen werden, weißt Du. So ist er sicher, er mit Dir, und Du hast ein neues Kleid obendrein. Antwortest Du mir aber nicht, so mußt Du jetzt gleich mit mir kommen und Dein langer Wilhelm ist in einer Stunde bei mir. Ihr dürft denn Beide keinen Dritten mehr angeben und Ihr Beide werdet allein für den Diebstahl bestraft. Jetzt hat kein Mensch eine Ahnung davon, daß ich nur von Dir etwas erfahren haben könnte.

Das Mädchen sann wieder nach.

Aber wie können Sie sagen, daß das Kleid gestohlen ist?

Weil ich das Muster des Zeuges in meinem Hause habe, willst Du dich selbst überzeugen?

Nein, nein!

Nun denn?

Sie sind ein Satan, Herr Polizeirath.

Nun?

Aber soll wirklich dem langen Wilhelm nichts geschehen?

Auf mein Ehrenwort, nichts.

Und ich erhalte von Ihnen ein neues Kleid?

Gegen dieses alte, in einer Stunde.

Der Hofrath ist der Dieb.

Der Polizeirath hatte sich vielleicht noch nie so viele Gewalt anthun müssen, um seine Ueberraschung und seine Freude zu verbergen. Da hatte er auf einmal, was er suchte, nein, was er erst später, nachher suchen wollte, woran er in diesem Augenblicke nicht im Entferntesten gedacht hatte: er hatte einen Genoſſen, einen friſchen Diebsgenoſſen des Hofraths, den er als einen der Mörder des Ochſenhändlers verfolgte. Er mußte ſeine Ueberraſchung und ſeine Freude verbergen. Er hatte ſein Ehrenwort gegeben, den langen Wilhelm wegen des Diebſtahls in der Auguſtſtraße unangefochten zu laſſen, und er we= nigſtens war ein Polizeibeamter, der ſein Ehren= wort zu halten pflegte. Hätte die blonde Ida nur eine Ahnung davon gehabt, daß der Hofrath auch noch aus einem andern Grunde geſucht werde, der Polizeirath hätte nie den Hofrath gefunden. Das wußte er.

Ich erwarte Dich in einer Stunde bei mir, ſagte er kalt zu der Dirne.

Und in der That, ohne daß er Gewicht darauf legte, faſt aus bloßer Neugierde fuhr er dann fort: Was ſucht jene fremde Polin in Berlin?

Das Mädchen lachte. Sie war in Angſt geweſen; das Herz war ihr wieder leicht geworden; ein neues Kleid hatte ſie ſich obendrein verdient.

Ihren Schatz, Herr Polizeirath.

Bei Dir? lachte auch der Polizeirath.

Das Mädchen wurde doch plötzlich ernſthaft, als wenn ſie dem ſchlauen Polizeirath ſchon zuviel geſagt haben möge.

Ich traf ſie zufällig auf der Straße.

Und da eröffnete ſie Dir ſogleich ihr Herz?

Ja.

Gut, ſagte der Polizeirath, Du kannſt gehen.

Der plötzliche Ernſt des Mädchens verrieth ihm, daß es ſich noch um ein neues Verbrechen handeln müſſe. Er durfte kein Mißtrauen erregen, bis er mit der Fremden weiter geſprochen hatte. Nur mit der Wirthin hatte er zum Schein noch ein paar Worte zu wechſeln; ſie mußte jetzt an einen andern Grund ſeiner Anweſenheit glauben.

Warum hat das Mädchen die Fremde zu Ihnen gebracht? fragte er sie.

Ich sollte ihr ein Unterkommen besorgen.

Hat die Fremde Bekannte hier?

Ich weiß es nicht.

Hören Sie, Frau Liedtke, lassen Sie sich noch einmal durch solche Dirne Fremde zuführen, die hier offenbar ausgeplündert werden sollen, so sind Sie die längste Zeit in diesem Keller gewesen.

Mein Gott, Herr Polizeirath, ich glaube, wenn man die arme Person auf den Kopf stellte, es fielen noch keine zehn Groschen zur Erde.

Sie wissen Ihren Bescheid, Frau Liedtke. Er ging.

An der Ecke der neuen Königsstraße setzte er sich in eine leere Droschke und fuhr nach Hause. Dort warteten seine vier Gensdarmen auf ihn.

Wo verkehrt Wilhelm Neumann, der lange Wilhelm genannt?

Einer der Gensdarmen, der lange Schmidt, wußte es.

In den Kellern am Dönhofsplatze und in der Jerusalemerstraße.

Mit wem?

Das wußte der Gensdarm nicht.

Heute Abend muß ich es erfahren.

Zu Befehl, Herr Polizeirath.

Kennt Einer von Ihnen noch den Hofrath?

Den Maler Carl Schütze? Ich kenne ihn, sagte wieder der lange Gensdarm Schmidt. Er ist seit vierzehn Tagen aus dem Zuchthause zurück.

Vigiliren Sie auf ihn. Sie, Schmidt, geben sein Signalement Ihren Kameraden. Arretirt wird er nicht, er soll nicht merken, daß er beobachtet werde, oder daß er nur erkannt sei. Ich muß aber wissen, mit wem er verkehrt und speziell, mit wem er gestern

Abend zusammen war. Um zehn Uhr heute Abend erwarte ich Rapport. —

Die Gensdarmen verließen ihn. — Auch der rastlose Polizeirath machte sich wieder auf den Weg. Er begab sich zu dem rothen Adler in der Kurstraße.

Die Polin war schon da; der Wirth hatte ihr ein hübsches Stübchen eingeräumt. Hier saß sie, den Kopf in der Hand, traurig, einzelnen Thränen, die aus ihren Augen fielen, kummervoll nachblickend.

Der Polizeirath war wohl nur als Polizeimensch hergekommen. — Ein anderer Mensch trat doch aus ihm heraus.

Ich wollte blos nachsehen, wie Sie untergekommen seien. Aber Sie haben etwas Schweres auf dem Herzen. Darf ich Ihnen ferner meine Dienste anbieten?

Sie mochte gleichwohl nur mehr den Polizeimann in ihm sehen.

Ich danke Ihnen, mein Herr. Wenn man allein in eine große fremde Stadt kommt, ist Einem das Herz immer schwerer.

Er schüttelte den Kopf. Aber der Polizeimann wollte doch nicht wieder aus ihm heraus. »Er fragte sie nicht mehr und kehrte nach seiner Wohnung zurück.

Hier war er freilich nur wieder Beamter.

Die hübsche Blondine kam, getreu das gestohlene Kleid zurück zu bringen, aber auch ein neues dafür zu holen, sie bekam sogar ein schöneres. Sie wurde dankbar.

Herr Polizeirath, wenn Sie etwas für mich haben, Sie können sich immer an mich wenden.

Der Polizeirath hatte sich schnell besonnen.

Ich hätte gleich etwas für Dich.

Was ist es?

Die fremde Polin —

Das Mädchen erschrak schon bei dem Namen. Warum fährst Du zurück?

Ich hatte an den Tisch gestoßen.

Du kennst die Polin?

Ich habe sie heute zum ersten Male gesehen.

Wo trafst Du sie? Sei aufrichtig.

Auf der Straße, wie ich Ihnen schon gesagt habe.

Sie hat Dir Vertrauen gezeigt?

O ja, wie man will.

Hat sie Dich nach Niemanden gefragt?

Nein. —

Sie log. Die Ungewißheit ihrer Stimme, wie ihres Blickes sagten es. — Der Polizeirath sagte es ihr nicht.

Aber da sie Dir vertraut, so wird sie Dich fragen.

Wer weiß?

Ich weiß es. Du gehst daher zu ihr, sagst ihr, Du hättest im Keller gelauscht und so erfahren, wo sie sei, und bietest ihr, da sie in der großen Stadt unbekannt sei, Deine Dienste an. Kannst Du mir Nachricht darüber bringen, was sie hier will, so bekommst Du zu dem neuen Kleide eine goldne Broche.

Ich werde versuchen, sagte das Mädchen, aber in einem Tone, der ihre Worte übersetzte: ich werde nicht versuchen.

So verstand sie auch der Polizeirath, und als sie fort war, sagte er gedankenvoll hinter ihr her: Da liegt etwas vor, was sie Beide angeht, die Fremde und die Dirne. Und es muß sie sehr nahe angehen. Und erfahren muß ich es. Aber verliere ich zunächst den Mord nicht aus dem Auge!

———

Eine Kammerjungfer.

Der Tag neigte sich. Unter den Bäumen des Thiergartens herrschte schon Zwiedunkel. In einer der Alleen, die rechts vom großen Stern aus tiefer in das Gebüsch des Thiergartens nach der Spree hin führen, ging langsam ein kleiner untersetz= ter Mann auf und ab. Seine Augen waren in alle Tiefen des Gebüsches gerichtet, seine Ohren lausch= ten nach allen Seiten hin; manchmal blieb er stehen, als wenn er nun sofort etwas sehen oder hören müsse.

War er ein Polizeibeamter?

Er trug Civilkleidung.

Um so mehr konnte er es sein, denn die Beamten der Berliner Criminalpolizei trugen immer gewöhnliche bürgerliche Kleidung.

In der That, es war der Criminalinspektor, der am Mittag sich mit dem Polizeikommissarius der Chausseestraße gegen den Polizeirath verschworen hatte, die Mörder des Ochsenhändlers Nettelberg zu ent= decken.

Er hatte auf einmal etwas gehört und blieb wie= der stehen. Ein hastiger Schritt nahete sich durch das Gebüsch.

Der Inspektor griff in seinen Busen, als wenn er nach irgend einer Waffe fassen wolle, die er dort verborgen hatte. Er war allein in einer einsamen, namentlich am Abend wenig besuchten Gegend des Parks. Er war unzweifelhaft in amtlicher Thätigkeit da, und seine amtliche Thätigkeit brachte ihn meist mit Verbrechern und zwar mit verwegenen Verbrechern in eine Begegnung, in der am Ende das Recht des Stärkeren entschied.

Der hastige Schritt kam fast gerades Wegs auf den Inspector zu. Aber es war ein schwerfälliger Schritt, und der Inspector hörte schwer husten und keuchen. Er zog die Hand zurück, und auf einmal stutzte er überrascht; er wollte sogar lachen.

Das ist doch nicht? — Wahrhaftig, er ist es. Wo kommt der her?

Wo kommst Du denn so eilig her? lachte er wirklich dem Hustenden entgegen.

Du hier? rief dieser verwundert, freilich zugleich erfreut.

Sie hatten sich Beide erkannt, der Inspector und der Revierkommissarius aus der Chausseestraße.

Gott sei Dank, daß ich Dich treffe, sagte der Commissarius, ich habe Dir eine ganze Geschichte zu erzählen.

Erzähle sie.

Ich hatte meinen Sergeanten instruirt, auf verdächtige lange Kerls zu vigiliren. Er geht durch die Straßen, da sieht er am Mühlendamm einen baumlangen jungen Menschen herumschleichen, der sich verdächtig nach allen Seiten umsieht, und dann auf einmal, als er sich ungesehen glaubt, in einen Kleiderladen schlüpft. Meinem Sergeanten kommt das verdächtig vor, er stellt sich auf der andern Seite des Dammes hinter einen Pfeiler auf die Lauer. Nach einer Viertelstunde kommt der lange Mensch aus dem Laden wieder hervor, sieht zuerst wieder vorsichtig umher, dann, als er eine leere Droschke ankommen sieht, wartet er diese ab, und so wie sie in seine Nähe kommt, springt er hinein, ruft dem Kutscher ein paar Worte zu, und dahin fährt die Droschke nach dem Köllnischen Fischmarkte zu. Und mein Esel von Sergeant, anstatt sie anzuhalten, läßt sie ruhig weiter fahren — o, diese Polizeisergeanten sind unbegreiflich dumm.

Du mußt Dir einen Vigilanten anschaffen, bemerkte der Polizeiinspector.

Sie kosten nur zu viel Geld, meinte der Revierkommissarius.

Sie bringen es auch wieder ein.

Euch Herren von der Criminalpolizei wohl, aber wir armen Revierbeamten!

Erzähle weiter.

Die Dummheit des Menschen, erzählte der Commissarius weiter, war um so größer, da er gesehen hatte, wie der lange Kerl mit einem Arm voll Frauenkleidung aus dem Laden getreten war.

Voll Frauenkleider? fragte verwundert der Inspector.

Fällt Dir dabei etwas auf?

Gewiß. Aber nachher. Fahre fort.

Es ist nicht viel mehr fortzufahren. Als die Droschke schon ein gutes Ende weggefahren war, fiel es dem Sergeanten erst ein, ihr zu folgen. Aber er konnte sie nicht mehr einholen, er sah nur, wie sie die Leipzigerstraße hinauffuhr, und dann durch das Potsdamer Thor verschwand; er machte mir Mittheilung und ich fuhr gleich hinaus. Am Potsdamer Thor erfuhr ich von der Wache, daß eine Droschke, in der ein Mann, mit Frauenkleidung vor sich, gesessen, in die Bellevuestraße gefahren sei; dann hatte man sie noch in der Bellevuechaussee und zuletzt am kleinen Stern gesehen, von da an verlor ich ihre Spur. In der Nähe hörte ich aber von zwei Knaben, daß vorher durch das Gebüsch ein Frauenzimmer

herumſtreichen ſehen, deren ungeheure Länge ihnen auf=
gefallen ſei.

Wann war das? unterbrach auf einmal eifrig den
Erzählenden der Polizeiinſpector, der immer aufmerk=
ſamer geworden war.

Vor einer Viertelſtunde.

Richtig. Fahre fort.

Ich laufe in die Gegend, die die Knaben mir be=
zeichnen, ich ſehe wirklich in der Ferne unter den
Bäumen ein Frauenzimmer, eile darauf zu — es iſt
verſchwunden. Ich gehe leiſe hin und her, ſehe es
wieder, ich eile wieder darauf zu, es iſt wieder ver=
ſchwunden. Ich horche von neuem, ich höre von neuem
Schritte, ich renne, was ich kann, aus Leibeskräften;
ich komme ihnen näher, ich denke die Perſon zu greifen
— da biſt Du es.

Ja, da bin ich es, lachte der Inſpector. Und bei=
nahe ganz auf dieſelbe Weiſe dachte ich, einen baum=
langen Kerl in Weiberkleidung zu faſſen, als ich Dich
erkannt.

Was, Du auch? Du haſt den Kerl auch ge=
ſehen?

Gewiß.

Hier?

Hier, vor zehn Minuten; gerade wie Du. Mein
Vigilant hatte eine Droſchke ſchnell aus der Stadt
durch das Thor fahren ſehen. Es ſaß ein Menſch
darin, der ihm verdächtig vorkam. Als er einen Blick
in die Droſchke werfen wollte, ſuchte der Menſch geſchwind
weibliche Kleidungsſtücke zu verbergen. Der Vigilant
folgt der Droſchke, er kann es nur von weitem; an
der Bellevueallee ſieht er einen zweiten Menſchen, der
auf ſie wartet, und der raſch hineinſpringt, als ſie bei
ihm ankommt. Es iſt ein langer Kerl. Die Droſchke
fährt mit Beiden nach dem großen Stern zu. Mein
Vigilant meldet mir das Geſehene, und wir eilen zu=
ſammen hierher. Wir vertheilten uns, ihn habe ich

noch nicht wiedergesehen. Aber eine fabelhaft lange
Person in Frauenkleidern habe ich schon ein paarmal
unter den Bäumen von weitem gesehen, und jedesmal,
wenn ich ihr nahe kommen wollte, war sie verschwunden; die Sache hat ordentlich etwas Räthselhaftes.

Es soll ein neues, schweres Verbrechen ausgeübt
werden, meinte der Commissarius, und zwar hier im
Thiergarten.

Der Meinung war auch der Inspector.

Um so mehr waren Beide einverstanden, daß man
des langen, verkleideten Frauenzimmers habhaft werden müsse; vielleicht seien es gar zwei. Aber wie den
Fang bewerkstelligen, zumal da es schon dunkel geworden war?

Wir müssen zuerst, entschied der Inspector, meinen
Vigilanten aufsuchen, hören, was ihm begegnet ist, und
dann weiter beschließen.

Sie gingen links, mehr nach der Charlottenburger
Chaussee zurück, wo der Inspector seinen Vigilanten
vermuthete. —

Wären sie rechts gegangen, sie hätten Das, was
sie suchten, nicht lange mehr zu suchen brauchen.

Es lag dort eine große, eingefriedigte Wiese, die
sich bis an das Ufer der Spree hinzog. In der Hecke,
die sie nach der Seite des Thiergartens einschloß, war
ein großes hölzernes Gitterthor. An den Pforten
desselben war ein Pferd angebunden, Decke und Auf-
zäumung zeigten ein Offizierpferd.

Aus dem Grunde der Wiese kam ein einzelner
Mann hervor, eine große, schwere Gestalt in Offizier-
uniform. Er trat aus der Wiese heraus, durch eine
Oeffnung, die sich neben dem Thore in der Hecke befand, ging auf das Pferd zu, löste den Zaum, mit
dem es an dem Pfosten angebunden war, schwang sich
hinauf und wollte davon reiten. Vorher besah er sich
noch einmal die Gegend.

Man muß sich doch orientiren, sagte der Premierlieutenant von Schwarzhof dabei zu sich. Heute Nacht wird kein Mond scheinen, und auch die Sterne werden am Ende fehlen. Und mit Fackeln darf man doch den Weg zu einer solchen Geschichte nicht suchen. Ich bin nur neugierig, wie es während des Duells selbst werden soll. Werden sie sich mit oder ohne Fackeln schießen? Ich habe leider vergessen, mit dem Franzosen darüber Verabredung zu treffen. Wer Teufel denkt gleich an Alles? Nun, hier ist das Thor. Dies ist ein hübscher Weg, in dem ein Wagen fahren kann, er muß nach dem großen Stern, oder sonst nach der Charlottenburger Chaussee führen, ich will ihn verfolgen.

Ein guter Feldherr, oder der es werden will, muß über das Eine nicht alles Andere übersehen, und warum sollte ein dicker Premierlieutenant von den Gardeküraffieren, wenn er auch für seine Jahre im Avancement zurückgeblieben ist, nicht einmal ein Feldherr werden wollen?

Holla, was ist denn das? unterbrach der Herr von Schwarzhof plötzlich seine Betrachtungen über die Gegend. Teufel, ein Frauenzimmer? Und so allein, hier, in dem abgelegenen Theile des Thiergartens? Es hat schon angefangen, dunkel zu werden, und Donnerwetter, was für eine Figur! Sappermient, welch' eine Länge! Die könnte unter die Gardeküraffiere treten! Teufel, ich muß sie näher in Augenschein nehmen. — Ah, sie sieht mich, sie will sich davon machen; also spröde! Desto interessanter. Nein, mein Schätzchen, so haben wir nicht gewettet, Du entkommst mir nicht.

Mit diesen Worten gab er seinem Pferde die Sporen, und nach zwei Minuten hatte er erreicht, was er erreichen wollte.

Es ist doch ein Unterschied, ob ein paar steife Polizeibeamte zu Fuße, oder ein Gardeoffizier auf schnellem Rosse hinter einem Frauenzimmer herrennen.

Der Lieutenant hatte ein, soviel man in der be=
gonnenen Dunkelheit erkennen konnte, allerliebstes jun=
ges Frauenzimmer auf seiner Flucht vor ihm eingeholt.
Das Gesicht war wie Milch und Blut, und verschämt
und züchtig dabei, eine schneeweiße Haube verlieh ihm
doppelten Reiz. Zu der Haube paßte ganz der nette
und doch bescheidene Anzug einer Kammerjungfer, und
am Arme ein leichtes Körbchen.

Nur Eins wollte nicht ganz so recht passen, die
hübsche, nette Zofe war von einer fast erschreckenden
Länge. Der Herr von Schwarzhof hatte Recht, sie
hätte unter die Gardekürassiere treten können. So
groß wie er, war sie gewiß, und er gehörte wahrlich
nicht zu den kleinsten.

He, mein schönes Kind, wohin so eilig?

Sein Pferd mußte ihr den Weg vertreten.

Lassen Sie mich meiner Wege gehen, erhielt er zur
schnippischen Antwort.

Oho, mein Engel, wenn man zur Abendzeit allein
im Thiergarten umherschweift —

Sind Sie nicht auch allein hier?

Richtig, mein Kind, und wenn man so allein ist,
so sucht man eben Gesellschaft, das wollte ich gerade
sagen, und da ich nun Deine reizende Gesellschaft ge=
funden habe —

So werden Sie sich mit dem Finden begnügen,
und Ihres Weges nun weiter ziehen.

Und wenn ich dazu keine Lust hätte?

So —

Die Augen der langen Kammerjungfer flammten
durch das Dunkel des Waldes.

Donnerwetter! lachte ironisch der Lieutenant, und
er wollte vom Pferde steigen.

Donnerwetter! rief darauf drohend eine tiefere
Stimme zurück, und der Lieutenant [...] [...]
wieder in den Sattel hinein.

Darüber aber erhob die lange Zofe ein lautes Gelächter und sie sagte:

Du hast kein Glück bei den Damen, Schwarzhof, mach', daß Du fortkommst.

Verdammter Bursch! fluchte der dicke Premierlieutenant. Mensch, wie kommst Du in diese Kleidung? Sie gefällt Dir wohl?

Gieb mir Antwort.

Ich bin auf demselben Wege, auf dem Du eben warst.

Das heißt?

Zu einem Rendezvous mit einer schönen Dame.

In dieser Verkleidung?

Höre nur zu.

Na, ich bin neugierig.

Die kleine Gramzow ist ein Engel.

Pah, für Dich.

Sie erlaubte mir gestern beim Grafen Tichy, sie wiederzusehen.

Und die Mutter ist wohl der Erlaubniß der Tochter nicht beigetreten?

So ist es.

Ich sagte Dir ja, daß sie ein Satan sei.

Ich habe heute dreimal versucht, die Geliebte zu sehen.

Und Du hast sie kein einziges Mal gesehen?

Mit keinem Auge. Die Mutter hütet sie wie ein Drache.

Sie ist ihr Schatz.

Aber ich muß sie sehen.

Und Du bist jetzt wohl auf dem Wege zu ihr?

Ja.

In dieser Kleidung?

Nun ja.

Aber, Mensch, bist Du toll?

Im Gegentheil, ich habe die Sache sehr vernünftig eingeleitet.

Der Wahnsinnige hält sich immer für vernünftig.

Die alte Gramzow hatte gestern meiner Mutter erzählt, daß sie ihre Kammerjungfer weggejagt habe und eine neue suche.

Und die neue willst Du werben?

So ist es.

Und Deine eigene Mutter hilft Dir dabei?

Sie hat mir ein Attest für die Alte mitgeben müssen.

Daß Du Dich bisher als Kammerjungfer gut be= tragen hättest?

Ein brillantes Führungsattest! Die Schwierigkeit war nur, Kleidungsstücke zu finden, die mir lang ge= nug waren.

Das glaube ich.

Mein Bursch — er ist ungefähr von meiner Größe — hat alle Kleiderläden von Berlin durchlaufen müs= sen. Jetzt muß ich aber auch zum Küssen sein.

Wie ein ausgemachter Narr bist Du.

Warum liefst, oder vielmehr jagtest Du mir denn so eifrig nach?

In der Dunkelheit sind alle Katzen grau und alle Schürzen bunt.

Darum gehe ich auch in der Dunkelheit hin.

Und Du meinst wirklich, die Alte werde Dich nicht erkennen?

Sie ist sehr kurzsichtig und mein Bart ist so ra= dikal wegrasirt, daß man in drei Tagen keine Stop= pel von ihm sehen wird.

Du hattest immer nur semmelblonde Stoppeln. Aber Deine Länge, Mensch, die sieht auch das blödeste Auge!

Meine Mutter hat nur große Domestiken, unsere Familie stammt von den Gardekürassieren. Die Alte weiß das, und außer ihr sind nur ein alter Kammer= diener und eine alte Köchin im Hause und Beide halb blind.

Und Deine Ungeschicktheit, Bursch! Du willst die Dienste einer Kammerjungfer verrichten können?

O, Freund Schwarzhof, zum Entzücken. Ich werde sie, Malvine, auskleiden —

Auch den Satan, die Alte!

Ich werde sie gar zu Bette bringen!

Die dicke, garstige Alte auch!

Man muß Schwiegermütter immer mit in den Kauf nehmen.

Der dicke Premierlieutenant war dennoch ernst und bedenklich geblieben; auf einmal erschrak er wieder.

Aber was fällt mir da ein! Bursch, hast Du Urlaub genommen?

Ich? Wozu Urlaub?

Du hast heute Nacht die Ronde.

Teufel, daran hatte ich nicht gedacht.

Leichtsinniger Mensch! Weißt Du, daß sie Dich vor ein Kriegsgericht stellen und kassiren können?

Mit acht Tagen Arrest wird es auch abzumachen sein. Aber Du könntest ja für mich die Ronde machen.

• Ich muß heute Nacht sekundiren.

So gehe ich acht Tage in Arrest.

Aber, Mensch, ich bin Dein Vorgesetzter, und ich lasse Dich nicht.

Sei kein Narr, Schwarzhof. Laß mich gehen; oder vielmehr bring mich zu der Alten.

Ich soll Dich hinbringen?

Sie wohnt in einem Landhause, zehn Minuten von hier.

Nein, und wenn sie nur eine halbe Minute von hier wohnte.

Aber da rennen seit einer halben Stunde ein paar Narren von Polizeikommissarien hinter mir her — Gott weiß, was sie von mir wollen. Du mußt mich beschützen.

Der gutmüthige dicke Lieutenant war gegen den

jungen Kameraden nun einmal wie eine zärtliche Mut=
ter, die ihrem verzogenen Kinde nichts abschlagen
kann.

Na, so komm, sagte er. Und einen Stellvertreter
für die Ronde werde ich Dir auch wohl verschaffen
müssen.

Sie machten sich auf den Weg zu dem Landhause
der Frau von Gramzow, das in der Tiefe des Wal=
des, ebenfalls an der Spree hin lag.

Unterwegs wollte Herr von Schwarzhof seinem
Gefährten gute Lehren geben, wie er sich als Kam=
merjungfer zu benehmen habe.

Vor allen Dingen, Mensch, zerbrich nur nichts,
keine Tassen und keine Teller. Du hast eine unge=
schlachte, etwas tölpelhafte Hand und die Alte ist
geizig —

Aber der undankbare Verliebte achtete nicht dar=
auf. —

Ach, Schwarzhof, was gehen mich Tassen und
Teller an? Ich werde sie sehen, ich werde sie auskleī=
den, vor ihr auf den Knieen liegen, ihre Hände
fassen. —

Er griff nach der Hand des dicken Lieutenants,
neben dem er ging.

Donnerwetter, sagte in diesem Augenblicke nicht
weit von ihnen leise eine Stimme. Die Person
ist doch am Ende ein Frauenzimmer!

Der Polizeiinspector sagte es zu dem Revierkom=
missarius. Beide standen auf der Seite hinter Bäu=
men verborgen. Sie hatten die Spur des oder der
Verfolgten wiedergefunden; bei dem Anblicke eines Of=
fiziers wagten sie nun nicht hervorzutreten.

Aber einen langen Schatz hat der Mann sich aus=
gesucht, bemerkte der Revierkommissarius.

Ja, diese Offiziere haben oft einen sonderbaren
Geschmack. Indeß mit dem Geschmack der Leute hat

die Polizei nichts zu schaffen. — Das war vor dem Jahre 1849 unter dem Herrn von —

Die beiden Polizeibeamten kehrten von ihrer vergeblichen Jagd zurück, nach dem großen Stern zu.

Allein schon nach wenigen Minuten kam der Offizier mit dem sonderbaren Geschmack hinter ihnen her gesprengt. Er jagte im Galopp der Stadt zu.

Die beiden Beamten sahen sich an.

Teufel, der hat seinen Schatz so schnell verlassen? Wenn es doch ein Kerl gewesen wäre?

Sicher!

Er ist noch da!

Zurück!

Sie eilten zu der Gegend zurück, aus der sie gekommen waren.

Ob sie ihn fanden den baumlangen Lieutenant von den Gardekürassieren, der nur in dem Glücke schwelgte, heute Abend als Kammerjungfer seine Geliebte auszukleiden?

***

7.

Eine Diebin.

In der einsamen Zelle dahinten in dem abgelegensten Winkel der Stadtvoigtei war es wieder so still, wie dunkel.

Der Gefangene der Zelle lag wieder ruhig auf seiner Pritsche; doch heute wohl nur äußerlich ruhig, denn bald theilte seine innere Unruhe sich auch seinem Aeußeren mit.

Er stand von seinem Lager auf und ging in der

engen, dunklen Zelle umher. Gefühle und Gedanken mancherlei Art hatten ihn nicht mehr ruhen lassen, sie mußten auch aus seinem Innern heraus durch halblaute Worte sich Luft machen. Anna! Sie war sein erster Gedanke. — Die Luberska hat eine wilde und wild eifersüchtige Liebe. Das arme Mädchen ist mit ihr unter einem Dache! Sie kennt die Frau nicht, die zu Allem fähig ist. — Das war ein unglückliches Zusammentreffen. — Und nun auch noch dieses einfältige Duell! Hoffentlich erschieße ich den Menschen, ich bleibe dann ruhig die erste Zeit hier, vier, fünf, sechs Wochen, so lange ich will. Diese eben so entetirte wie bornirte Berliner Polizei läßt mich noch ein Jahr sitzen, wenn ich Luft habe. Wie werden sie sich unterdeß über den Mörder des Grafen Luberski den Kopf zerbrechen, ihn mit Steckbriefen verfolgen, während sie ihn schon in dem sichersten Verwahrsam der Welt, in ihrer Stadtvoigtei haben! Aber Anna! Was sollte aus ihr unterdeß werden? Auch sie könnte keine Nachricht von mir erhalten. Die arme Anna! Sie war auch sein letzter Gedanke.

Zwei Schritte naheten sich der Zelle.

Wenn der Inspector heute nur früher käme! hatte er noch unmittelbar vorher gesagt.

Da hörte er die Schritte.

Wie gerufen!

Er legte sich auf sein Lager zurück.

Die Schritte kamen wie am gestrigen Abend. Die Doppelthür der Zelle wurde geöffnet, der Inspektor trat mit seiner Laterne in die Zelle, der Gefangenwärter blieb draußen an der Thür zurück. Der Gefangene blieb ruhig auf seiner Pritsche liegen.

Der Inspector sah mit seinem klugen und verschlossenen Gesichte genau und scharf in der Zelle umher, er fand nichts, was ihm auffiel.

Er stellte sich vor den Gefangenen.

Sie haben mir noch immer nichts zu sagen?

Nein, mein Herr.

Ihr Grab — Sie wissen doch, daß Sie hier in Ihrem Grabe sind?

Sie hatten öfters die Güte, mir das zu sagen.

Ihr Grab scheint Ihnen zu gefallen.

Woraus schließen Sie das?

Aus Ihrer Beharrlichkeit, und aus Ihrer Heiterkeit.

Rechnen Sie für nichts, daß man auch Vertrauen in die Preußische Gerechtigkeit setzen kann?

Der Beamte biß sich ein wenig in die Lippen. Aber er war ein gewandter Polizeimann.

Sie, mein Herr, haben die Preußische Gerechtigkeit nur zu fürchten.

Warum übergeben Sie mich denn nicht dieser Gerechtigkeit? rief lebhaft der Gefangene. Oder ist die Polizei in Preußen das Recht?

Der Inspector hatte auch darauf eine Antwort.

Wohlan, mein Herr, sagte er rasch, wenn ich Sie noch heute Abend, auf der Stelle dem Criminalgericht übergäbe, Sie aus diesem Polizeigefängnisse in die Criminalgefängnisse der Stadtvoigtei hinüberbringen ließe?

Die Worte machten den Gefangenen verlegen, sie machten ihn verwirrt.

Wohlan, erwiderte auch er, aber er konnte es nicht in freiem, herausforderndem Tone, und als der Beamte ihn scharf ansah, mußte er die Augen niederschlagen.

Was ist denn das? fragten sich darauf die scharfen, klugen Augen des Inspectors. Unmittelbar nachher lächelten sie zufrieden.

Das zufriedene Lächeln gewahrte noch der Gefangene, der seinen Blick wieder erhob. Er erbebte in seinem Innern und wollte schnell etwas sagen.

Der Inspector hatte schon seine Laterne genommen, sich wieder zu entfernen.

Der Gefangene der Stadtvoigtei.   7

Gute Nacht, mein Herr!

Damit entfernte er sich wirklich, ohne sich auch nur noch umzusehen.

Der Gefangene stand ein paar Stunden lang un= schlüssig.

Ob ich es wage? Es könnte seinen Verdacht ver= mehren; er hatte Mißtrauen. Woher nur? Aber ich muß; ich muß heute unter allen Umständen frü= her fort, als sonst.

Er strich leise an der Thür, die in demselben Au= genblicke von außen verschlossen wurde; dann blieb er mit angehaltenem Athem stehen.

Das Verschließen der Doppelthür wurde ruhig fortgesetzt und beendet, und die beiden Gefängnißbeam= ten entfernten sich, ihre Schritte verloren sich.

Der Gefangene athmete auf.

Er hat es nicht gehört, oder nicht darauf ge= achtet.

Er begann, rasch sein Entkleiden vorzubereiten.

Nach zehn Minuten kehrte ein einzelner Schritt zu der Thür der Zelle zurück. Der Gefangene kannte den Schritt.

Gottlob, er ist es!

Die Doppelthür wurde geöffnet. Der große, fin= stere Gefangenwärter trat ein, seine verschlossene Die= beslaterne in der Hand, den Anzug eines Schornstein= fegers unter dem Arme. Er legte den Anzug auf die Pritsche, verhing das Fenster und öffnete die Laterne.

Ihr hattet mein Zeichen gehört? fragte ihn der Gefangene.

Ja.

Ich kann sofort gehen?

Ja.

Hat Euch der Inspektor nichts gesagt?

Nein.

Der Gefangene war in drei Minuten mit dem Umkleiden fertig.

Gehen wir!

Sie gingen wie am gestrigen Abend. Der Wär=
ter verschloß die Thüren der Zellen und ließ die Schlüf=
sel in den Schlössern, damit der Gefangene jeden
Augenblick allein in sein Gefängniß zurückkehren könne.
Sie kamen an die Wendeltreppe, stiegen sie hinunter,
und erreichten die Thür zu dem kleinen Hofraum. Der
Gefangenwärter schloß sie auf. Sie traten in den
Hofraum, durchschritten ihn und standen vor der Thür
der Remise. Der Gefangenwärter mußte auch diese, die
heute verschlossen war, öffnen. Sie traten in die Remise,
gingen zwischen den Reihen der Matratzen, der alten
Bänke, Stühle, Tische hindurch, die umher lagen und
standen. Sie erreichten die jenseitige Mauer der Re=
mise, hier standen sie an der kleinen Thür, die in die
schmale, enge Seitengasse vom Molkenmarkte zur Spree
führte, durch sie sollte der Gefangene in das Freie
treten.

Der Gefangenwärter, ehe er sie aufschloß, horchte
noch einmal in den Raum hinein, in dem sie standen,
in die kleine Gasse, von der nur die Thür sie trennte.
Es war Alles still und ruhig, wie sie es auch auf ih=
rem ganzen Wege nicht anders gefunden hatten.

Er erhob seine weit geöffnete Laterne, um in den
Raum der Remise auch noch hineinzuleuchten. Der
Schein des Lichts zeigte Alles in gewohnter Ordnung,
wie es am gestrigen Abend und vielleicht schon an manchem
Abend vorher sich gezeigt hatte. Der Wärter wollte
seine Laterne niedersetzen, um die kleine Thür aufzu=
schließen.

In demselben Augenblicke hörte er ein leises Stöh=
nen, kaum zwei bis drei Schritte weit von sich. Er
flog erschrocken zurück. Das Stöhnen wiederholte sich,
lauter, freier. Das erstemal hatte es unwillkürlich
aus einer gewaltsam zusammengepreßten Brust, trotz
aller Gewalt des Zurückhaltens, hervorbrechen müssen.
Jetzt war es einmal gehört, ein Zurückhalten war

7*

nicht mehr möglich, nicht mehr nöthig, die gepreßte Brust mußte Luft haben, freie, frisch hereinströmende Luft, um endlich einmal wieder in vollem Lebensathem aufathmen zu können.

Der Gefangenwärter hatte seine Fassung wieder gewonnen. Er hob seine Laterne empor und leuchtete nach der Stelle, von der das Stöhnen kam.

Die Laterne beschien ein elendes, leichenblasses Gesicht, eine zusammengekauerte Jammergestalt.

Ein Mann in den mittleren Jahren lag so an der Erde zwischen altem Hausgeräth. Er trug die Kleidung der Gefangenen.

Der Gefangenwärter, wie er im Augenblicke vorher sich schnell von seinem Schreck erholt hatte, schien jetzt eben so schnell einen Entschluß gefaßt zu haben. Von welcher Art? Das finstere Gesicht des alten, kräftigen Mannes der Polizei ließ es unschwer errathen. Auch seine Lage. Er war in einer verbotenen, seiner Amtspflicht und seinem Amtseide widersprechenden Handlung, die ihm, wenn sie entdeckt wurde, nicht nur für immer sein Amt kosten, sondern ihn auch Jahre lang in das Zuchthaus bringen mußte. Es war nicht das erstemal, daß er diese strafbare Handlung ausübte. Er hatte längst auf den möglichen Fall einer Entdeckung gefaßt sein, er hatte dafür längst im Voraus seinen Plan gefaßt haben müssen.

Er war jetzt entdeckt. Ruhig setzte er seine Laterne hin, um seine beiden Hände frei zu haben.

Mit den freien Händen nahete er sich rasch dem Stöhnenden. Die Hände umspannten den Hals des Menschen.

Der Unglückliche hatte sich kaum besinnen können, er hatte nur flehend zu dem finstern Manne hinaufgeblickt. So sah er jetzt zugleich in Todesangst ihn an.

Der Gefangenwärter lockerte die Umspannung des Halses.

Solltest Du schreien, so bist Du des Todes, sagte er dabei.

Es bedurfte der Drohung nicht, der Mensch war schon halb todt vor Schreck.

Antworte mir auf meine Fragen, fuhr der Wär=
ter fort.

Wo kommst Du her?

Ich bin schon seit gestern hier, antwortete eine heisere, kaum verständliche Stimme.

Dem Gefangenwärter ging eine Ahnung auf.

Seit gestern Abend?

Ja, als Sie aufschlossen.

Seitdem warst Du ununterbrochen hier?

Ja.

Der Gefangene der Stadtvoigtei war herange=
treten.

Ohne Nahrung? fragte er entsetzt.

Ohne Nahrung.

Auch ohne einen Trunk?

Ohne Alles.

Allmächtiger Gott!

Gefangenwärter, befahl er diesem, holt Wasser für den Unglücklichen.

Wozu? fragte rauh, kalt und ruhig der finstere Mann.

Das Auge des Gefangenen flammte.

Wozu? Wer hat hier die Gewalt? Und auf die Gewalt kommt es auch hier an. Holt Wasser für den Mann, auf der Stelle!

Der Wärter unterwarf sich seinem Gefangenen. Er erhob sich und suchte unter dem umherliegenden, alten Hausrath einen hölzernen Napf hervor, schloß die Thür der Remise auf und ging in die kleine Gasse, die rechts zur Spree führte. Die Spree war keine zwanzig Schritte entfernt.

Und er hörte sie rauschen, der Arme, sagte der Ge=
fangene der Stadtvoigtei sich, die Nacht, den Tag,

wieder die Nacht, ununterbrochen, in seinem wild bren=
nenden Durst. Und er hatte keinen Tropfen, den glü=
henden Brand zu löschen!

Mit dem Manne sprach er nicht, er hatte gehört,
wie schwer dem Armen das Sprechen wurde.

Nicht blos für die arme, weiche Anna, die Dienst=
magd, die er liebte, hatte der Gefangene der Stadt=
voigtei ein innig und tief mitfühlendes Herz. —

Der Gefangenwärter kam mit Wasser zurück. Der
arme Mann trank es gierig.

In meiner Zelle liegt noch Brod, holt es herbei,
befahl der Gefangene dem Gefangenwärter.

Der Wärter war einmal in der Lage des Gehor=
chens, er ging, auch das Brod zu holen.

Der Gefangene begann ein Gespräch mit dem
Manne:

Ihr seid hier Gefangener?

Ja Herr, im Criminalgefängniß.

Weshalb?

Wegen Diebstahls.

Wie lange sitzt Ihr schon?

Seit einem halben Jahre.

Ohne Urtheil?

Noch immer ohne Urtheil. Mein Inquirent —
sie nennen ihn den Aktenverfauler — kann immer noch
kein Ende finden.

Und da wolltet Ihr ein Ende machen?

Ach, Herr, ich bekam vorgestern die Nachricht, daß
meine arme Frau vor drei Wochen niedergekommen
sei und in Hunger und Elend auf dem Todtbette
liege. Das Kind sei schon vor Hunger gestorben und
sie könne es keine drei Wochen mehr machen.

Da wolltet Ihr zu ihr?

Ich mußte zu ihr. Von meiner Untersuchung sah
ich das Ende nicht ab. Zu meiner Wohnung hätte
man mich nicht hinausgelassen, auch nur für eine halbe
Stunde nicht. Es blieb mir nur die Flucht. Gestern

Nachmittag glückte es mir, aus meiner Zelle zu entkommen. Ich kam bis in den kleinen Hof da draußen
und konnte nur durch diese Remise weiter; ich mußte
den Abend abwarten. Ich hatte einen Nagel gefunden
mit dem schloß ich die Thür dort auf, die hineinführt.
Aber als ich dann die Thür nach der Gasse hin auf-
schließen wollte, brach er mir ab. Ich suchte unter
den alten Sachen einen andern. Da hörte ich kommen,
ich mußte mich verbergen; Sie und der Gefangenwärter waren es. Ich merkte, was geschah und wollte
einmal aus meinem Versteck hervorbrechen, um mit
Ihnen herauszukommen; aber ich hatte keinen Muth.
Wenn man schon so lange in der Haft gesessen hat,
so verläßt Einem die Kraft und mit der Kraft auch
der Muth. Als Sie fort waren, konnte ich gar nichts
machen. Der Gefangenwärter legte sich dicht an der
Thür auf eine Matratze. Er schlief zwar bald, aber
das geringste Geräusch an der Thür hätte ihn ge-
weckt. Sie kamen um drei Uhr zurück. Er ließ Sie
wieder ein und ging mit Ihnen fort. Aber ich hörte
ihn schon nach kurzer Zeit zurückkommen. Ich hatte
unterdeß nicht einmal einen Nagel finden können. Er
mußte doch Verdacht bekommen haben. Er blieb an
der Remise, bis es in der Straße lebendig wurde,
Das blieb es den ganzen Tag; ich durfte mich nicht
rühren. Und als vorhin der Abend wieder kam—ich hatte
nichts zu essen und nichts zu trinken mitnehmen können, hier fand ich auch nichts — als der Abend wieder kam, da konnte ich kein Glied mehr rühren, und
ich hatte nur noch einen Gedanken, mit meiner armen
Frau zusammen zu sterben.

Und was soll nun werden? fragte der Gefangene
den Gefangenen.

Ach, schon der frische Trunk hat mir wohlgethan!
Und Ihr habt wieder andere Gedanken?

O, mein lieber Herr! —

Ihr wollt zu Eurer Frau, aber nicht, um mit ihr zu sterben?

Wenn es möglich wäre. Aber der Gefangen= wärter. —

Ich glaube, er hatte es anders mit Euch im Sinne. Aber hört, Ihr habt etwas Heiliges, für das Ihr selbst sterben könntet —

Meine Frau, Herr.

An sie hatte ich gedacht. Wollt Ihr mir bei ihrem Leben schwören, mich und den Gefangenwärter nicht zu verrathen? Bedenkt, ich rette Euch das Leben, auf Kosten des meinigen, wenn Ihr mich verrathet.

Ich schwöre es, Herr.

So geht mit Gott! Aber vorher nehmt noch das Stück Brod mit Euch.

Der Gefangenwärter war mit Brod zurückgekom= men und reichte es dem verhungerten Gefangenen, der es mit Heißhunger verzehrte und sich dann erhob.

Der Mann ist frei, ich stehe für ihn ein, sagte der Gefangene der Stadtvoigtei zu dem Gefangen= wärter. Dieser erwiderte nichts, er war in der Ge= walt seines Gefangenen.

Wie heißt Du? fragte er nur den anderen Ge= fangenen.

Ludwig Kramer, sagte dieser schon draußen im Freien.

Es kann heute Nacht vier Uhr werden, sagte der erste Gefangene und ging auch.

Der Gefangenwärter schloß mit einem schweren Seufzer über den menschlichen Leichtsinn hinter ihm die Thür der Remise.

Ist Edelmuth Leichtsinn? Manchen Menschen gewiß! —

Der Gefangene der Stadtvoigtei nahm den näm= lichen Weg, den er am gestrigen Abende genommen hatte, er erreichte das vornehme Hôtel unter den Lin= den, gab das Zeichen, wie am Abende vorher. Sein

Diener erschien mit dem Mantel und verhüllte mit diesem die Kleidung des Essenkehrers.

Herr und Diener gingen in das Haus.

In seiner Wohnung galt der erste Blick des Gefangenen dem kleinen Marmortische, auf dem die eingegangenen Briefschaften zu liegen pflegten. Nur ein einziges Stück lag da, ein kleines zartes Billet. Er griff schnell danach, riß das Convert auseinander und las.

Sein Gesicht erbleichte; das Papier zitterte in seiner Hand.

Die Droschke! rief .... Bedienten zu.

Der gnädige Herr hatten gestern zu heute Nacht die große Berline befohlen.

Sie wartet; die Droschke sofort!

Der Diener ging, den Befehl zu vollziehen.

Als er fort war, überließ der Gefangene sich der heftigsten Leidenschaft.

Dieses entsetzliche Weib! — Anna, arme Anna! — Was mag sie mit ihr gemacht haben? Sie werde unserer Liebe nicht ferner entgegenstehen. Auch ein Spielzeug könne gefährlich werden, wenn man es Kindern nicht bei Zeiten nehme. O., dieses wilde Herz ist kein Herz. Was hat die mit dem armen Kinde gemacht? —

Er hatte sich in fast rasender Eile umgekleidet. Der Diener kehrte zurück und meldete, daß die Droschke angespannt sei.

Der Gefangene warf seinen Mantel über, eilte aus dem Zimmer, die Treppe hinunter, in die Droschke, die unten im Hausflur hielt. Der Diener ergriff die Zügel des Pferdes, dann öffnete der Stallknecht die Hausthür.

Zum Dönhofsplatz, befahl der Gefangene.

Die Droschke flog durch das Thor, unter den Linden her, durch die Friedrichsstraße, durch die Leipzigerstraße, hielt am Dönhofsplatze. Der Gefangene sprang

hinaus, ging in die Jerusalemerstraße, schritt dreimal
vor dem erleuchteten Fenster eines Kellers vorüber
und blieb erwartend stehen.

Ein Mann kam aus dem Keller herauf.

Alles in Ordnung? fragte ihn der Gefangene.

Alles.

Um welche Zeit?

Ist es um zwei Uhr recht?

Ja.

So haltet Euch bereit.

Der Mann kehrte in den Keller zurück, der Ge=
fangene zu der Droschke.

Zur Marschallsbrücke!

Die Droschke flog zurück, zur Marschallsbrücke.
Am Eingange der Louisenstraße hielt sie an.

Der Gefangene eilte zu Fuße weiter, zu dem Hause,
in das er auch am gestrigen Abende hineingegangen
war; es war nur heute früher. Auf der Dorotheen=
kirche schlug es erst zehn Uhr.

Der Gefangene untersuchte nicht, ob die Hausthür
offen sei, er zog die Klingel der Hausglocke. Die
Glocke tönte durch das Haus und die Thür wurde
eine halbe Minute darauf von einem Diener in Livrée
geöffnet.

Der Gefangene kannte die Livrée.

Die Frau Gräfin ist zu Hause?

Herr Graf Romkewitz?

Ja.

Die Frau Gräfin erwartet den Herrn Grafen.

Der Diener führte ihn in die Zimmer der Gräfin.

Das schöne, wildliebende Weib flog ihm entgegen,
umschlang ihn mit ihren Armen; sie war schöner
als je.

Du bist früher gekommen, als ich Dich erwartet
hatte; die Liebe trieb Dich.

Er entwand sich ihren Armen und stand mit
flammenden Augen vor ihr. Aber die Augen

flammten keine Liebe; sie blitzten Drohung, vernichtende Drohung.

Wo ist das Mädchen? Was hast Du mit ihr gemacht?

Das schöne Weib traute ihren Augen, ihren Ohren nicht.

Nach einer elenden Dirne fragst Du?

Nach dem reinsten, unschuldigsten Wesen.

Abalbert, sei kein Thor! Komm in meine Arme, an mein Herz!

Er stieß sie zurück.

Ich muß wissen, wo das Mädchen ist.

Sie erblaßte, sie konnte sich nicht mehr täuschen. Sie wurde beinahe leichenblaß. Dann bedeckte dunkle Gluth ihr Gesicht; dann stand sie ruhig, klar da. Aber es war die Ruhe und die Klarheit des feindlichen, tödtenden Hasses; sie hatte in ihrem Herzen auch für Anderes Raum, als für Liebe. Wo viel Licht ist, da ist auch viel Schatten, zumal in dem Herzen eines Weibes.

Vernichtende Drohung dort, tödtender Haß hier! Was sollte werden?

Die Liebe hatte die feindlichen Leidenschaften in beiden entfesselt.

Wo die Dirne ist, willst Du wissen? fragte die Dame.

Ich muß es wissen.

Und wer muß es wissen? Der Graf Abalbert Ronkewitz, oder der —?

Jetzt erblaßte der räthselhafte Gefangene der Stadt-voigtei.

Aurelia! rief er, wie mit Entsetzen.

Ah, mein Freund! Willst Du noch wissen, wo die Dirne ist?

Er hatte keine Antwort.

Willst Du es wissen? wiederholte sie, soll Dir

vielleicht der Polizei = Präsident die Antwort geben? ich schreibe eine Zeile an ihn —

Aurelia! rief er erbebend.

Die Liebe war doch die mächtigste Leidenschaft ih= res Herzens.

Adalbert, sagte sie, und ihre Stimme hatte nicht mehr die tödtende Kälte, sie war sogar weich, ein= schmeichelnd. Adalbert, Du warst ein Thor, ein augenblicklich in eine Küchenschürze verliebter Thor! Komm wieder zu mir, an mein Herz, mein Ge= liebter. Sie breitete die Arme aus.

Ist das Mädchen fort? fragte er schwankend.

Aus diesem Hause, ja.

Und wohin?

In ihren Augen blitzte es wieder; aber sie be= zwang sich.

Adalbert, wird Dir die Wahl so schwer; zwischen mir und der Dienstmagd?

Er konnte sich in der That- nicht entschließen. — Sie stampfte mit dem Fuße.

Du hast die Wahl! rief sie, und ihre Stimme wurde wieder erregter und die Röthe ihres Gesichts wieder dunkler, — Du hast nur die Wahl! triff sie.

Du hast dem Mädchen ein Leid zugefügt!

Du hast Deine Wahl getroffen?

Ich beschwöre Dich, Aurelia.

Ja, Du hast gewählt; Du hast entschieden. Ich reiße auch die Liebe zu Dir aus meinem Herzen, für immer! Aber fürchte nichts von mir, nichts für Dich. Du bist mir fortan zu wenig, um Dich zu verfolgen, um nur Kenntniß davon zu nehmen, ob Du existirst! Du willst wissen, wo das Mädchen ist? Sie ist im Ge= fängnisse, — in der Stadtvoigtei, sagen sie ja hier wohl. Sie ist eine Diebin, sie hatte mir heute Nacht, während ich da unten bei Dir war, meine Juwelen gestohlen — Deine Geliebte! — Gute Nacht, Herr — Graf Romkewicz!

Sie klingelte ihrer Dienerschaft.

Allmächtiger Gott! preßte sich ein Schmerzens=
schrei aus der Brust des Grafen Romkewicz hervor.
Er stürzte fort.

8.

Ein junger Pole.

Der Polizeirath saß in seinem Bureau, eine Menge
Papiere vor sich liegen habend. Er las in alten
Aufzeichnungen, und machte neue. Von Zeit zu Zeit
sah er auf und dann nach der Uhr, die über seinem
Arbeitstische hing, er schien Jemanden zu erwarten.
Sein Gensdarm Schmidt kam, eine lange, hagere,
aber dennoch kräftige Gestalt, ein blasses, mageres,
melancholisches, aber ruhiges, auf Alles achtendes
Gesicht. Er war das Vertrauen jedes ehrlichen Men=
schen, der Schrecken jedes Diebes, der ihn sah, er war
ein Westphale, stammte aus einer der unermeßlichen
grauen, melancholischen Haiden Westphalens. Daher
wohl das ehrliche, melancholische Gesicht. Der Poli=
zeirath kannte dieses Gesicht, wie kein Anderer.

Sie bringen etwas, Schmidt?

So mancherlei, Herr Polizeirath.

Lassen Sie hören.

Der lange Wilhelm verkehrt noch in dem Keller
am Dönhofsplatz.

Mit wem?

Carl Schütze, der Hofrath, ist zweimal mit ihm
da gewesen.

Also richtig!

Ferner war mit den Beiden, der August Braun, genannt der grüne August.

Auch der? Der verwegenste unter den Berliner Dieben?

Ja, Herr Polizeirath, das ist er.

Der Hofrath, der grüne August, der lange Wilhelm beisammen — Schmidt, hätten wir da nicht die Mörder des Ochsenhändlers?

Ich glaube es auch, Herr Polizeirath. Sie sind gestern Abend alle Drei zusammen in dem Keller gewesen.

Gestern Abend?

Oder gestern Nacht. Punkt ein Uhr haben sie sich entfernt.

Gegen zwei Uhr ist der Mord verübt.

Sie sind Einer nach dem Andern weggegangen; heimlich, als wenn Keiner sich um den Andern kümmere; aber in weniger als einer Minute war der Letzte dem Ersten gefolgt.

Wir haben die Mörder, Schmidt.

Ich weiß noch mehr, Herr Polizeirath.

Heraus damit! schnell!

Die blonde Ida Spörrer ist die Geliebte des langen Wilhelm.

Ich weiß es.

Sie ist auch da gewesen.

Gestern Abend?

Gestern Abend, und auch die Henriette Parrach, genannt die braune Jette.

Sie ist eine Freundin der blonden Ida.

Aber eine eifersüchtige, und die Eifersucht sieht scharf, Herr Polizeirath.

Nun?

Sie hat etwas gemerkt. Besonders der lange Wilhelm hat seine Unruhe nicht verbergen können, er ist noch ein junger Mensch. Die braune Jette hat die blonde Ida gehetzt, und dann gelauscht. Die Ida hat den langen Wilhelm nicht wollen gehen lassen. Er hat ihr gesagt, es gebe viel zu verdienen; er hat ihr dann eine Landparthie nach Tegel und ein neues Kleid versprechen müssen.

Die hat Glück in neuen Kleidern, lachte der Polizeirath.

Darauf fuhr trocken der Gensdarm fort, hat er gehen dürfen, und die beiden Andern sind ihnen gefolgt, und die blonde Ida ist sehr vergnügt gewesen.

Der Gensdarm machte eine Pause, als wenn er, wenigstens vorläufig, genug mitgetheilt habe.

Von wem haben Sie ihre Nachrichten? fragte ihn der Polizeirath.

Von der braunen Jette.

Von ihr selbst?

Nein, Herr Polizeirath. Mein Vigilant —

Ah, ich weiß, Sie haben auch Ihre Vigilanten.

Ja, Herr Polizeirath. Die Polizei muß sich oft in schmutzige Dinge mischen, von denen ein ehrenhafter Gensdarm und ein ehrlicher Westphale, der die Feldzüge mitgemacht und sich das eiserne Kreuz verdient hat, seine Finger läßt. Dazu halte ich — ich muß Manches dafür entbehren — mir meinen Vigilanten. Er ist ein hübscher Mensch, den die Weiber gern haben. Der hat es von der braunen Jette.

Er hat gute Nachrichten, sie reichen aus, um alle drei Burschen zu arretiren und die blonde Ida. Es thut mir leid für sie, für ihre doppelte Freude, für das Versprechen, das ich ihr gegeben hatte; es bezog sich nur auf den Diebstahl in der Auguststraße — Sie müssen nur zu gleicher Zeit arretirt werden, damit uns Keiner entwischt.

Dazu wäre jetzt Gelegenheit, Herr Polizeirath.

Jetzt? Jetzt gleich?

Sie sind wieder Alle in dem Keller am Dönhofsplatz.

Verhaften wir sie auf der Stelle, Schmidt. Wir gehen am Polizei-Präsidium vorbei und nehmen Leute mit.

Ja, Herr Polizeirath, aber ich habe vorher noch etwas.

Was ist es?

Es sind ihrer Vier gewesen, die den Mord in der Chausseestraße verübt haben.

Richtig, Vier.

Wir müssen auch den Vierten haben.

Wüßten Sie auch von ihm?

Die braune Jette ist den Dreien, als sie den Keller verlassen hatte, gefolgt. Da hat sie auf dem Dönhofsplatz vier Menschen beisammen gesehen, die eifrig aber leise mit einander gesprochen haben. Das Mädchen hat sich nicht heranwagen dürfen, verstanden hat sie daher nichts; aber sie hat sich in eine Ecke gedrückt, und als sie nachher fortgegangen sind, ist der Vierte dicht an ihr vorbeigekommen, und sie hat einen bildschönen jungen Menschen erkannt, der einen schwarzen, krausen Bart getragen hat, und ihr beinahe wie ein vornehmer Herr vorgekommen ist. Er gehört unzweifelhaft zu der Bande und zu dem Morde.

Der aristokratische Fuß! Wir haben auch ihn! rief der Polizeirath. Weiter fiel ihm nichts auf.

Der Polizeirath wußte also doch nicht Alles, was sich in Berlin begab. Wußte er auch nicht einmal alle Geheimnisse der Stadtvoigtei?

Er war indeß, oder gerade deshalb, nachdenklich geworden.

Ein aristokratischer Fuß? Ein schwarzer, krauser Bart? Ein vornehmes Wesen? Wer könnte der Mensch sein? Er sann vergeblich nach.

Sein langer Gensdarm Schmidt sollte ihm auch hier Licht bringen und eine Ueberraschung dazu.

Die braune Jette war in den Keller zurückgekehrt und hatte sich wieder an die Blonde gemacht. Die

— 113 —

braune Jette ist neugierig; darum schwatzt sie denn auch gern. Sie mußte wissen, wer der hübsche, vor= nehme junge Mensch war. Sie traktirt die blonde Ida auf Grogk, dann macht sie sie eifersüchtig, dann bekommt sie heraus, was die Andere weiß.

Deinen langen Wilhelm wirst Du auch nicht mehr lange behalten.

So? Das hat er Dir wohl selbst gesagt?

Ich habe es gesehen.

Wo?

In einer sonderbaren Gesellschaft; gestern noch.

So? Und wo?

Es schien sogar eine vornehme Gesellschaft zu sein, wenigstens eine vornehmere, als wozu wir gehören. Es waren Damen mit großen Shawls dabei.

Damen?

Nun ja, es lassen Viele sich Damen nennen, zu denen ich nicht gehören möchte. Aber schön waren sie.

Höre, braune Jette, Du willst mich eifersüchtig machen. Du lügst.

Ich lüge? willst Du ein Wahrzeichen?

Nun?

Ein großer hübscher Mensch war dabei, mit einem schwarzen, krausen Bart, sehr vornehm, er machte den Wirth. Höre Du jetzt, blonde Ida, wenn der lange Wilhelm mir gehörte, ich würde ihn in der Gesellschaft des Menschen nicht länger lassen.

Die blonde Ida wurde unruhig.

Sprichst Du die Wahrheit?

Gewiß. Ich sah sie selbst, im Thiergarten, hinter den Zelten, es war spät am Abend.

Der Wilhelm war wirklich gestern nicht bei mir.

Siehst Du? Laß ihn nicht mehr mit dem Men= schen gehen.

Kann ich ihm wehren?

Warum nicht?

Der Mensch — Sie brach schnell ab.

Du kennst ihn? fragte die Braune.

Ich habe ihn nie gesehen.

Aber der Wilhelm hat Dir von ihm erzählt?

O ja.

Und danach ist er —?

Ein schlechter, abscheulicher Mensch, fuhr auf einmal die Blonde heraus, der eine kranke, arme Person unglücklich gemacht hat, und nun auch den Wilhelm verderben will. Ich will Dir Alles erzählen.

Und nun, Herr Polizeirath, geben Sie Acht, sie erzählt der braunen Jette Folgendes, was ihr der lange Wilhelm anvertraut hat:

Der hübsche, junge Mensch heißt der schwarze Nachtrabe; einen andern Namen wissen sie von ihm nicht, sie wissen auch nicht, woher er ist. Er ist seit ungefähr acht oder neun Wochen unter ihnen, sie glauben, er sei aus Polen gekommen; er ist verwegen und gewandt, wie keiner von ihnen, sie gehorchen ihm daher blind. Daß er aus Polen ist oder gekommen ist, dafür spricht noch ein besonderer Umstand, der gerade den Zorn der blonden Ida erregt hatte. Er ist vor einigen Tagen in großer Verlegenheit gewesen, und hat sich zuletzt dem langen Wilhelm entdeckt, der ihm helfen sollte. Er habe eine Geliebte in Posen, sei ihrer überdrüssig geworden und habe sie verlassen. Unglücklicher Weise habe das Mädchen erfahren, daß er hier sei. Ein gemeinschaftlicher Bekannter habe ihn verrathen; durch diesen habe er auch jetzt einen Brief von ihr erhalten, daß sie ihm nachreisen und ihn hier aufsuchen werde.

Der Polizeirath unterbrach den Gensdarmen. Josepha Wagner? rief er.

Ja, Herr Polizeirath, es ist die Polin, die Sie im rothen Adler untergebracht haben. Von dem Ferneren werden Sie jetzt Vieles errathen.

Weiter, weiter!

Sie hat ihm die Stunde geschrieben, wann sie hier

eintreffen werde. Gerade heute, mit dem täglichen
Stellwagen von Frankfurt an der Oder; sie hat ihn
gebeten, sie in Empfang zu nehmen, doch hat er es
nicht gekonnt, auch wohl nicht gewollt, denn der lange
Wilhelm hat ihr die blonde Iba, sie selbst, entgegen=
schicken müssen. Aber das Mädchen sei von ehrlichen
Leuten, sie wisse nichts von dem, was er hier treibe;
sie dürfe auch keine Ahnung davon haben. Die Iba
hat sie in die schmale Gasse geführt.

Genug, genug, sagte der Polizeirath. Das Wei=
tere weiß ich, ich weiß jetzt Alles, auch warum die
Polin sich mir nicht näher entdecken wollte. Als
sie erfuhr, wohin man sie gebracht hatte, wußte sie
auch, was ihr Geliebter hier trieb, und sie wollte ihn
nicht verrathen. Aber auch, daß er mit bei dem Morde
in der Chausseestraße war, und daß auch die
Anderen dabei waren, und auch der lange Wilhelm,
ist jetzt unzweifelhaft, darum wollte auch die blonde
Iba nichts verrathen, und sie wird es ferner nicht.
Was den Polen trifft, das trifft ihren Wilhelm.

Dann wurde er wieder nachdenklich.

Aber wer ist dieser junge, hübsche Mensch, mit
einem schwarzen, krausen Bart, einem aristokrati=
schen Wesen, Pole oder Nichtpole, der an der Spitze
unserer gefährlichsten Verbrecher steht, schon seit acht
Wochen hier ist, und den dennoch kein Mensch kennt?
Den keiner gesehen hat, von dessen Existenz wir nicht
einmal etwas wissen? Ihn müssen wir zuerst haben,
an ihm ist am meisten gelegen, die Anderen entgehen
uns ohnehin auf die Dauer nicht, sie sind Berliner
Kinder. Und den Berliner Kammergerichtsassessor und
den Berliner Dieb zieht es immer wieder nach Berlin
zurück.

Der Polizeirath wußte Vieles von Berlin, aber
Alles wußte er, wie er sagte, nicht. Indeß er achtete
auf Alles, und an seinem Gensdarmen Schmidt hatte
er eine treffliche Stütze.

Herr Polizeirath, sagte der lange, melancholiſche Gensbarm, wenn wir Glück haben ſollen, ſo fangen wir ſie alle Vier noch in dieſer Nacht. Die braune Jette hat wenigſtens für beſtimmt wiſſen wollen, daß die drei Andern heute Nacht wieder in dem Keller am Dönhofsplatz ſein würden, und da der Pole geſtern da war, ſo iſt anzunehmen, daß er auch heute wieder hinkommen wird. Mein Vigilant iſt inſtruirt, er wird mir Nachricht hierher bringen.

So treffen wir unſere Vorbereitungen, befahl der Polizeirath, beordern Sie ſofort ein halbes Dutzend Leute, die ſich auf dem Dönhofsplatz und in der Jeruſalemerſtraße verborgen halten, und kehren Sie dann hierher zurück.

Der Gensbarm ging dem Befehle nachzukommen.

Der Polizeirath ſetzte ſich wieder zu ſeinen No= tizen; aber er ſchien nur mit ſeinen halben Gedanken bei ihnen zu ſein, der Fremde, geheimnißvolle Pole be= ſchäftigte die andere Hälfte.

Nach einer Viertelſtunde kam der Gensbarm zurück, er hatte Alles beſorgt.

Zehn Minuten ſpäter trat ein hübſcher junger Menſch in das Bureau des Polizeiraths, liſtig, ge= wandt, trotzig, frech, im Auge den Blick der Unſchuld, im ganzen Geſichte die Bläſſe des früh verlebten Ver= brechers.

Mein Vigilant Auguſt Wiener, ſtellte der lange Gensbarm ihn dem Polizeirath vor.

Was bringſt Du, Auguſt Wiener?

Sie ſind alle drei da, Herr Polizeirath.

Im Keller?

Im Keller am Dönhofsplatz, und ſie haben heute Nacht wieder etwas vor.

Woher weißt Du es?

Die Dirne, die braune Jette, hat es mir hinter= bracht. Der grüne Auguſt hat vor einer Viertelſtunde plötzlich den Keller verlaſſen, iſt nach wenigen Mi=

nuten zurückgekommen und hat den beiden Anderen einen Wink gegeben. Der blonden Ida hat dann der lange Wilhelm gesagt, daß sie um zwei Uhr gehen müßten. Die braune Jette meinte, der grüne August, als er den Keller verlassen, habe mit dem Polen gesprochen und von diesem Order erhalten.

So würden sie um zwei Uhr auch mit dem Polen zusammentreffen? fragte der Polizeirath.

Wahrscheinlich wird der Pole sie abholen, wie in der vorigen Nacht.

Um so besser. Nehmen wir aber unsere Maßregeln für alle Fälle. Am meisten liegt an dem Polen, der darf uns am wenigsten entgehen. Zunächst werden daher alle Straßen besetzt, die auf den Dönhofsplatz münden. Erscheint der Pole auf dem Platze, so kann er uns nicht mehr entgehen. Kommt er nicht, so werden die drei Anderen, jeder einzeln, unbemerkt von drei bis vier Mann verfolgt, bis sie an irgend einem Punkte wieder zusammentreffen. Wo sie dann zusammentreffen, da muß auch der Pole zu ihnen stoßen, und so wie dieser da ist, erfolgt die Verhaftung. Gewahrt einer der Verfolgten früher die Verfolgung, oder gesellt schon auf dem Wege der Pole sich zu ihnen, so tritt dann sofortige Verhaftung ein. Danach, Schmidt, instruiren Sie Ihre Leute, die Sie schon aufgestellt haben, ich hole unterdeß weitere Mannschaft herbei. Es ist jetzt bald eilf Uhr, um ein Uhr muß Jeder auf seinem Platze sein. Welcher Platz soll der Deinige sein, August Wiener?

Meine Wohnung, Herr Polizeirath. Wenn ich bei der Geschichte gesehen würde, so wäre es für alle Zeit vorbei mit mir.

Du hast Recht, Bursch. — Machen wir Anderen uns auf den Weg.

Ein Liebesabenteuer.

Der Thiergarten bei Berlin ist reich an schönen Landhäusern; sie liegen offen, in langen, stolzen Reihen da; man findet sie einzeln verstedt; sie sind denn um so anmuthiger, reizender.

Die fromme und reiche pommersche Dame, Frau von Gramzow, bewohnte eins der anmuthigen versteckten Landhäuser des Thiergartens, es lag nach Charlottenburg hin, nicht gar weit von der Spree entfernt. Reiche und fromme Damen pflegen auch geizig zu sein. Auch von der Frau von Gramzow versicherten es die Leute, besonders ihre Domestiken, freilich erst, wenn sie den Dienst verlassen hatten; sie wechselten indeß oft bei ihr. Nur ein alter Diener war ihr immer treu geblieben, schon früher in Pommern, jetzt seit Jahren in Berlin. Er war dafür ihr Vertrauter und für die Anderen im Hause ein Thrann.

Die Dame erwartete für den Abend noch Besuch.

Sie hatte gleichwohl ihre Toilette noch nicht gemacht; ihre Kammerjungfer war fort und eine neue, die die Frau von Stromberg ihr versprochen hatte, war noch nicht da. Die Frau von Gramzow wartete ungeduldig auf sie.

Der alte Kammerdiener trat zu ihr ein.

Endlich ist sie da, gnädige Frau.

Aber der Mann machte dabei ein verlegenes, beinahe erschrockenes Gesicht.

Was giebt es, Joachim?

Gnädige Frau, das ist eine erschrecklich lange Person.

Die Strombergs sind eine alte Kürassierfamilie; sie sind selbst lang, und da lieben sie lange Leute.

Aber diese Person, gnädige Frau —

Der Geschmack ist verschieden; wir brauchen sie übrigens nicht zu behalten; nur heute ist sie hier nothwendig. Schicke sie mir gleich her, Joachim.

Zu Befehl, gnädige Frau.

Nach wenigen Augenblicken trat die neue Kammerjungfer ein.

Ein wenig erschrak auch die Frau von Gramzow, obwohl sie auf eine bedeutende Länge vorbereitet war.

Hm, hm, Sie ist die Person, die mir von der Frau von Stromberg empfohlen ist?

Die gnädige Frau von Stromberg hat mir dieses Briefchen an die gnädige Frau mitgegeben.

Die Frau von Stromberg lobt Sie darin. Ich hoffe, daß ich mit Ihr werde zufrieden sein können. Sie wird hier einen leichten Dienst haben. Sie hat zuerst mich anzukleiden. Sie kann doch frisiren?

Zu Befehl, gnädige Frau.

Die Kammerjungfer machte dabei fast ein so entsetztes Gesicht, wie zuvor der Kammerdiener.

Sodann hat Sie meine Tochter anzukleiden.

Ah, ah!

Was sagte Sie da? Gefällt Ihr das nicht?

O, ich bin ganz zufrieden, gnädige Frau.

Dann muß Sie bei Tische aufwarten. Sie kann doch aufwarten?

Gewiß, gnädige Frau.

Dann noch Eins. Sie ist hübsch —

Gehorsamer Diener!

Was sagt Sie da?

Euer Gnaden sind sehr gnädig gegen mich unbedeutendes Mädchen.

So! Und da wollte ich Ihr denn empfehlen, daß Sie sich nicht mit den jungen Herren abgiebt, die in mein Haus kommen, besonders nicht mit den Offizieren. Die jungen Offiziere taugen nichts.

Ja; ja.

So? Sie weiß das schon?

Ich habe davon gehört, gnädige Frau.

Das ist mir lieb. Ueberhaupt muß Sie in meinem Hause immer Gott und Ihre Herrschaft vor Augen haben. — Jetzt frisire Sie mich.

Nun geht's los, seufzte die lange Kammerjungfer schwer auf.

Die alte Dame hatte zum Glück nicht viele Haare mehr, die Blößen bedeckte eine große mit Blumen und Spitzen aufgeputzte Mütze, und im Uebrigen verstanden die Gardeoffiziere das Schmiegeln und Biegeln der Haare schon damals.

Die Dame war mit ihrer Kammerjungfer zufrieden.

Sie hat zwar eine schrecklich große Hand, aber man sieht, daß Sie in guten Häusern gedient hat. Kleide Sie mich jetzt an.

O weh, seufzte die Kammerjungfer tiefer.

Die Dame hörte es nicht; sie dachte an Anderes, an etwas, das ihr sehr nahe am Herzen lag.

Die Frau von Stromberg ist sehr mager, sagte sie.

Eigentlich klapperdürr, gnädige Frau.

Ja, ja, sie ist schon sehr verblüht.

Sie war mir zwar eine gute Herrschaft, aber ich kann es nicht leugnen.

Findet Sie, daß ich mich besser conservirt habe?

O, ganz gewiß, gnädige Frau.

Das freut mich.

Dieser Nacken ist noch so glänzend fett, wie — wie —

Nun? Spreche Sie es nur aus.

Wie der delikateste Speck.

Sie ist zwar etwas derbe in Ihren Ausdrücken, aber ich sehe, Sie meint es gut. ·

Und diese Arme sind, wie ein paar allerliebste Blutwürste.

Sie ist wohl eines Fleischers Tochter?

Ach, nein, mein Vater war ein Seiler, darum bin ich auch so lang gerathen.

So, so? Also Sie findet wirklich, daß ich mich conservirt habe?

O, Euer Gnaden können noch immer einen Mann glücklich machen.

O, o, meine Liebe!

Und wenn ein gewisser, vornehmer Herr General — die gnädige Frau von Stromberg hat mir etwas gesagt —

Von einem General?

Ja, gewiß.

Still, still, der General wird heute Abend hierher kommen —

Donnerwetter, der General —?

Aber schämt Sie sich nicht, so zu fluchen? Ich hoffe, das nie wieder von Ihr zu hören; in meinem Hause kann ich nur christliche Gesinnung und christliche Worte dulden.

Verzeihen die gnädige Frau mir.

Die Thür wurde geöffnet; das schöne Fräulein von Gramzow, die Tochter der wohl conservirten Dame, trat ein; sie war ebenfalls noch im Negligé.

Ah, Malvine, rief ihr die Mutter entgegen, Du wartest auch wohl auf die Jungfer hier, um Dich ankleiden zu lassen.

Die junge Dame hatte sich die „Jungfer" angesehen; sie erkannte sie, sie wurde blaß und zitterte.

Ich, Mutter?

Ich bin im Augenblick fertig, mein Kind, die Jungfer wird dann mit Dir auf Dein Zimmer gehn.

Mit mir? Auf mein Zimmer?

Nun ja, um Dich anzukleiden.

Mich anzukleiden?

Aber was ist Dir denn?

O, nichts, nichts!

Und auch Ihr? Was hat Sie denn? Der Schweiß läuft Ihr ja das Gesicht hinunter.

Es wird schon vorüber gehen; es war mir etwas heiß geworden.

Ach ja, Mutter, es ist hier erschrecklich heiß, sagte auch das Fräulein und sie verschwand aus dem Zimmer.

So, ich wäre fertig, meine —, wie heißt Sie doch? Charlotte, Euer Gnaden.

Nun, so kleide Sie jetzt meine Tochter an; aber von dem General sage Sie dem Kinde nichts. Und dann gehe Sie recht zart mit ihr um, ich glaube das Kind fürchtete sich vor Ihr, weil Sie so schrecklich lang ist.

Nun, darum wohl nicht, murmelte die Kammer= jungfer in sich hinein, und sie verließ ebenfalls das Zimmer.

Die Frau von Granzow aber trat vor ihren Spiegel, um sich ungestört bewundern zu können; die Kammerjungfer hatte ihr besonders Nacken und Arme nicht zu sehr verhüllen dürfen.

Ja, ja, sagte die Dame zufrieden, die nicht sehr gebildete Person konnte nur die rechten Ausdrücke nicht finden.

Der Herr General von Remscheid! meldete der alte Kammerdiener.

Wo, wo?

Im Salon.

Ich komme im Augenblick.

Aber Fräulein Malvine will sich absolut von der neuen Jungfer nicht ankleiden lassen.

Das ist Eigensinn von dem Kinde.

Das Mädchen soll nicht einmal in ihre Stube kommen dürfen, die Köchin muß ihr beim Ankleiden helfen.

Es wird sich morgen schon geben, Joachim. Ich darf jetzt den General nicht länger warten lassen.

Der General von Remscheid war ein eigener Mann: klug, reich, ein braver Soldat, ehrgeizig, und sein größter Ehrgeiz war Gehorsam gegen seinen König. Er war unverheirathet geblieben, weil er als Ehemann zwischen seinem Könige und seiner Familie sich hätte theilen müssen. Als Fähndrich hatte er zwar wohl einmal der Frau von Gramzow, einem damals wie eine Pfingstrose aufblühenden Pommerschen Fräulein, den Hof gemacht, aber wenn die Frau von Stromberg zu der dicken Wittwe gesagt hatte, der General sei um ihretwillen unvermählt geblieben, so war das eine von den Lügen, die die Mutter des langen Lieutenants für die Liebe ihres Sohnes glaubte nicht scheuen zu dürfen. Später war der General fromm geworden, aber nicht aus Ueberzeugung, noch weniger aus Neigung, sondern gleichfalls blos aus jenem Gehorsam. Die Frömmigkeit hatte ihn zugleich mit dem Consistorialpräsidenten von Kehlhorst, aber auch wieder mit der Frau von Gramzow näher zusammengebracht.

Mit der dicken Dame saß er auch jetzt wieder zusammen, und zwar bei einem vortrefflichen Souper, wie der General es liebte, und die Frau von Gramzow es nicht verschmähte.

Ein weiterer Gast war nicht da; die Frau von Gramzow hatte heute ihre besonderen Ursachen, nur den General allein einzuladen. Aber Fräulein Malvine war mit bei Tische; die alte Dame hatte auch dazu ihren Grund. Der General liebte das schöne, einfache und bescheidene Kind väterlich; durch diese Liebe konnte eine andere Liebe um so leichter Eingang in sein Herz finden.

Der alte Kammerbiener wartete auf. Warum die neue Jungfer nicht?

Auch die Frau von Gramzow hatte den alten

Diener so gefragt und dieser schon früher die Jungfer selbst.

Der Kammerdiener hatte die Jungfer in keiner angenehmen Situation angetroffen, sie ging noch sehr gedankenvoll in der Stube auf und ab und hatte un= mittelbar vorher folgendes Selbstgespräch mit sich ge= halten:

Da habe ich einen schönen dummen Streich ge= macht. Ankleiden, ausskleiden wollte ich sie! Sie will mich nicht einmal sehen. Und nun muß der Teufel auch noch den alten General herführen. Wenn der nur einen Zoll von mir sieht, so bin ich verloren; er kennt mich mit seinen Falkenaugen auf hundert Schritte. Wie komme ich nur mit guter Manier wie= der fort? Ich muß erst sie um Verzeihung bitten. Wenn ich sie nur auf eine Minute sehen könnte.

Da war der Kammerdiener zu ihr eingetreten.

Sie soll jetzt in den Salon kommen, um an der Tafel aufzuwarten.

Sind Fremde an der Tafel?

Der Herr General von Remscheid.

Höll' und —! Das fehlte noch!

Auch der alte Diener sah sie mit Verwunderung und Entrüstung an.

Was fehlt ihr?

Ich kann nicht kommen, ich habe Zahnschmerzen.

Zahnschmerzen will Sie haben?

Sieht Er das nicht.

Höre Sie, Jungfer, ich werde hier Sie genannt.

So lassen Sie mich ungeschoren.

Das ist eine verzweifelt grobe Person, sagte alte Diener aus Hinterpommern, die muß hier in Residenz wirklich in sehr vornehmen Häusern geb haben. Wir wissen in Hinterpommern auch etwas der Grobheit, aber mit der wäre nicht gut Kirf essen.

Er ging und wartete selbst auf.

Warum ist die Jungfer nicht gekommen? fragte die Frau vom Hause.

Sie hat Zahnschmerzen.

Das Fräulein wurde blaß.

Mein Gott, Zahnschmerzen?

Es müssen ganz besondere Zahnschmerzen sein, meinte der Bediente.

Das Fräulein wurde blasser.

Wie so? fragte die dicke Dame.

Das ist eine schrecklich grobe Person, gnädige Frau. Sie hatte keine Luft zu kommen, und da erklärte sie einfach, sie habe Zahnschmerzen.

Und die Person hat mir die Frau von Stromberg empfohlen? ihre Länge war schon erschreckend.

Der General war aufmerksam geworden.

Wovon ist die Rede, wenn ich fragen darf?

Die Stromberg hat mir eine neue Kammerjungfer geschickt, eine entsetzlich lange, und wie ich jetzt höre, grobe Person.

Die Frau von Stromberg hat ihnen die geschickt?

Ich begreife es selbst nicht.

Der General hatte mit seinen klugen Augen auch das blasser und blasser gewordene Fräulein angesehen.

Ich begreife es wohl, sagte er für sich. Eine kleine Bosheit hatte sich in ihm emporgearbeitet.

Gnädige Frau, darf ich Ihrem Joachim den Auf= trag geben, der Jungfer zu sagen, daß ich sie zu sehen wünsche?

Sie wollen sie sehen, Excellenz?

Um der Frau von Stromberg zu sagen, wie sie Ihnen eine solche Person schicken könne.

Joachim, Du hast den Befehl Seiner Excellenz gehört.

Joachim ging. Das Fräulein war einer Ohn= macht nahe.

Ihnen ist nicht wohl, liebes Fräulein? fragte der General.

Sie hatte auch hier wieder nur die Antwort: Ach, es ist hier erschrecklich heiß.

Und Sie zittern, wie vor Frost? — Der alte Diener trat wieder ein und sagte, die Jungfer will nicht-kommen.

Will nicht?

Sie meinte, sie sei kein Lieutenant im Dienst, sie habe daher nur von der gnädigen Frau Befehle anzu=nehmen.

Der General wurde roth. In den Augen des Fräuleins leuchtete eine Freude auf. Der Muth eines jeden Liebhabers beglückt jede Geliebte.

Aber ich befehle, ich, rief entrüstet die Frau von Gramzow.

Der Diener hatte noch eine zweite Mittheilung.

Draußen ist ein Polizei=Inspector mit Gensdarmen und Sergeanten.

Was wollen die bei mir?

Der Inspector will es nur der gnädigen Frau selbst mittheilen.

Lassen Sie ihn hereinkommen.

Der Diener ließ den Polizei=Inspector eintreten.

Der kleine, untersetzte Mann verbeugte sich sehr tief. Unterdeß hatte sein gewandtes Auge schon die Gesellschaft gemustert. Die Tochter der Frau vom Hause und der allgemein bekannte General waren ihm weder verdächtige, noch auch solche Personen, vor denen er Heimlichkeiten zu haben brauchte.

Die gnädige Frau wollen mir meine späte Störung verzeihen.

In der That, mein Herr, es ist schon spät.

Gnädige Frau, ich verfolge mit meinen Leuten einen gefährlichen Menschen.

Bei mir?

In diesem Landhause.

In meinem Hause sind, außer Seiner Excellenz, nur meine Familie und meine Domestiken.

Am Abend hat sich jedoch einer der gefährlichsten Diebe Berlins hier einzuschleichen gewußt.

Ein gefährlicher Dieb?

Der sogar eines Raubmordes bringend verdächtig ist.

Die Dame war doch nach und nach heftig erschrocken.

Ein Mörder gar?

Wie ich die Ehre habe zu sagen. Ich hatte seine Spur bis in die Nähe dieses Landhauses verfolgt. Auf einmal verlor ich sie. Erst später machten mehrere Umstände mir wahrscheinlich, daß der Mensch sich gerade in dieses Haus geflüchtet haben müsse.

Es ist nicht möglich, mein Herr.

Ein baumlanger Mensch.

Wie, baumlang?

In Frauenzimmerkleidung.

Gerechter Gott!

Was ist Ihnen, gnädige Frau?

Der Mensch hat mich angekleidet. —

Was hat er gethan?

Hat meinen Nacken —

Ihren Nacken? Was hat er mit Ihrem Nacken gemacht?

Großer Gott! Großer Gott!

Die dicke Dame versuchte, in Ohnmacht zu fallen. Ihre Tochter suchte, gegen eine Ohnmacht, die ihr nahe genug war, sich zu wahren; sie zitterte so heftig, daß sie sich kaum halten konnte.

Die haben einen Schrecken bekommen! sagte sich der Inspector, die Alte phantasirt gar! Laut sagte er: die Damen sollten mit einer so entsetzlichen Angst nicht hier im Thiergarten wohnen.

Einen Augenblick war dem General nicht minder Angst geworden. Höll' und Teufel, fluchte er trotz aller seiner pflichtmäßigen Frömmigkeit in sich hinein; wie rette ich den Burschen aus dieser Geschichte?

Wenn er hier abgefangen würde, es wäre eine Bla= mage für die Garbe, für die ganze Arme, für die Familie, für beide Familien.

Die gnädige Frau, fuhr der Polizei=Inspector zu der Frau vom Hause fort, werden unter den erwähn= ten Umständen gegen eine Durchsuchung des Hauses gewiß nichts einzuwenden haben.

Nein, nein, rief die Dame, durchsuchen Sie das ganze Haus. — Aber es ist nicht nöthig, der, den Sie suchen —

Dem Fräulein schlugen die Zähne an einander.

Der General wäre lieber in einer Schlacht gewe= sen. — Aber wie er in einer Schlacht nicht den Kopf verloren hätte, so verlor er ihn auch hier nicht. — Wo ist der leichtsinnige Bursch? raunte er dem Fräu= lein in das Ohr; ich rette ihn.

In der Stube der Kammerjungfer, flüsterte das Fräulein zurück, gleich hinter der Stube meiner Mutter.

Der General verließ das Zimmer.

Der, den Sie suchen — hatte die Frau von Gram= zow gesagt, ohne vollenden zu können. Nein, nein, wie kann ich es aussprechen? rief sie selbst.

Wahrhaftig verrückt! sagte der Polizei=Inspector. Aber was geht es mich an, ich nehme die Haus= suchung vor.

Aber als er draußen zu seinen Gensdarmen und Sergeanten kam, sah er sehr lange Gesichter. Ein Wachtmeister von den Gensdarmen trat vor:

Herr Inspector, der, den wir verfolgt haben, ist doch ein Frauenzimmer gewesen.

Wie, was?

Der Herr General von Remscheid haben sie so eben an der Hand durch eine Hinterthür aus dem Hause geführt.

Was, auch dieser alte fromme General treib solche Sachen? — Aber dem Militair gegenübe ... die Polizei nichts machen.

Ein Duell bei Nacht.

Die eingefriedigte Wiese hinten im Thiergarten am Spreeufer lag in dem Dunkel und in der Stille der Mitternacht.

Die Nähe von Berlin hat nicht viel Poesie. In den Wiesen zeigt sich nicht einmal in der Mitternachtsstunde ein einsames Irrlicht oder ein anderes geheimnißvolles Flämmchen.

Schauerlich kann es Einem dennoch darin werden, in später, menschenleerer Nacht, wenn man einsam sich verirrt hat, auf einmal dunklen Gestalten begegnet, und roth glühende Fackeln aus dem Gebüsche emportauchen und das Geklirr von Waffen ertönt, und Wuthschreie folgen und zuletzt ein tiefer Schmerzensschrei und dann Alles todtenstill wird, und in der Stille die Fackeln verlöschen und die dunklen Gestalten wieder verschwinden, und nichts zurückbleibt, daß man meinen sollte, einen wüsten Traum geträumt zu haben. Am andern Morgen freilich kann man die Blutlache noch sehen.

Ein Duell ist eine sehr gewöhnliche Sache, doch ist es immer wieder etwas Ungewöhnliches für die, die es trifft, selbst für die, bei denen es zu Hause ist. Es geht freilich mit vielen Dingen so, auch mit dem Diebstahle, selbst mit der Liebe.

Die mitternächtliche Stille der Wiese an der Spree wurde unterbrochen. Zwei Wagen naheten sich. Sie fuhren dicht hinter einander.

An dem großen Einfahrtsthore, das in die Wiese führte, hielten sie. Das Thor war verschlossen; aber unmittelbar daneben hatte die Hecke eine Oeffnung, durch die man bequem ein= und ausgehen konnte.

Aus den Wagen stiegen dunkle Gestalten. Man hörte das Klirren von Waffen, während sie ausstiegen, zwischen dem Geklirr leise geflüsterte Worte.

Die dunklen Gestalten gingen durch diese Oeffnung der Hecke in die Wiese. Sie schritten schweigend bis in deren Mitte. Als sie die Mitte erreicht hatten, befahl eine Stimme:

Die Fackeln angezündet!

Tief röthliches Licht von vier Fackeln verbreitete einen ungewissen und unheimlichen Schein durch den weiten Wiesengrund. In dem Scheine erkannte man die einzelnen Gestalten.

Zwei finster, drohend, wie tödtlich sich anblickende junge Männer standen im Vordergrunde. Die finste= ren, bärtigen Gesichter waren bleich, selbst in dem tief= rothen Fackelscheine.

Zwei Offiziere standen hinter dem einen der beiden jungen Männer, zwei Herren in bürgerlicher Kleidung hinter dem andern. Vier Bedienten hielten die Fackeln.

Zwei Gestalten blieben weiter zurück im Dunkel, packten ärztliches Verbandzeug aus und breiteten es in dem dunklen Grase auseinander.

Alle zusammen verhielten sie sich in der tiefsten Stille. Die Stille wurde unterbrochen.

Nehmen wir die Mensur! sagte einer der Offiziere zu einem der Herren in der bürgerlichen Kleidung.

Der dicke Gardelieutenant von Schwarzhof sagte es zu dem französischen Gesandtschaftsattaché, Herrn von Fontaine.

Die Barriere beträgt drei Schritt, mein Herr, sagte der Franzose.

Richtig, mein Herr.

Sie maßen die Barriere von drei Schritt ab. Die Entfernung wurde durch zwei, mit den unteren Enden in die Erde gestoßene Fackeln bezeichnet, hinter jeder wurde auf weitere drei Schritte die Mensur abge= schritten. Die beiden andern Fackeln wurden, um sie zu bezeichnen, in die Erde gesteckt.

Jeder der beiden Sekundanten holte die mitgebrach= ten Pistolen hervor. Es waren zwei Paare, sie wur= den untersucht und nichts zu erinnern gefunden.

Nachdem geladen war, wurde gelost, mit welchem Paare zuerst geschossen werden sollte.

Kopf oder Schrift! sagte der Lieutenant von Schwarzhof.

Er warf einen Thaler in die Höhe.

Schrift! rief der Franzose.

Man bückte sich, nachzusehen.

Schrift! sagten sie Beide.

Sie haben die Wahl, sagte der Lieutenant zu dem Franzosen.

Ich wähle die Pistolen des Herrn von Luberski.

Durch das Gesicht des Grafen Luberski flog eine wilde Freude; die Züge des Grafen Romkewicz blie= ben unbeweglich.

Jeder der Sekundanten reichte seinem Duellanten ein Pistol.

Auf die Mensur! kommandirte der Franzose.

Die beiden Duellanten stellten sich jeder auf seine Mensur und die beiden Sekundanten übers Kreuz ih= nen zur Seite. Neben den Sekundanten standen als Zeugen der zweite Offizier und der zweite Herr in bürgerlicher Kleidung.

Die Bedienten hatten sich zurückgezogen.

Die beiden Duellanten standen gewärtig des Com= mandos, das ihnen das Recht gab, sich gegenseitig eine Kugel durch den Kopf oder die Brust zu jagen. Sie hatten jeder sein Pistol gefaßt und standen neun Schritte weit einander gegenüber, jeder unmittelbar an der in die Erde gestoßenen letzten Fackel. Das rothe Licht beschien sie hell. Die Gesichter hatten auch jetzt

in dem röthlichen Scheine die bleiche Farbe nicht ver=
loren und die Augen glühten um so finsterer.

In dem hellen Scheine des Lichts sah man die
Gestalten der Sekundanten und Zeugen.

Bis zehn Schritte weiter zeigte sich noch dunkel,
einem weiten Leichentuche gleich, das Gras der Wiese.

Dann war rund umher tiefe, dunkle Nacht, die
Fackeln konnten ihr düsteres Licht nicht weiter tragen.
Die Stille der Nacht und des Grabes herrschte in
dem Dunkel, wie in der Helle, Keiner wollte einen
Laut des Commandos verlieren.

Der Lieutenant von Schwarzhof hatte das Com=
mando.

Los! commandirte der dicke Lieutenant.

Mit dem Worte waren Arme und Waffen der
Duellanten in wagerechter, zielender Richtung, die glü=
henden Augen hefteten sich auf die Brust des Gegners.
Damit war aber auch das Duell zu Ende.

Ehe vielleicht der Graf Romkewicz sich bewußt
war, daß sein Auge das Herz des Gegners gefunden
habe, hatte der Graf Luberski sein Pistol schon abge=
drückt. Es war seine eigene Waffe, die er kannte.

Der Graf Romkewicz fiel getroffen in das dunkle
Gras; sein Blut färbte es noch dunkler.

Meine Herren Aerzte, thun Sie jetzt das Ihrige,
sagte der Herr von Fontaine zu den beiden Aerzten,
wenn noch etwas zu thun ist.

Es thut mir leid für meinen Duellanten, sagte der
dicke Lieutenant von den Gardekürassieren. Aber da
habe ich doch einmal ein Duell bei Nacht gesehen. Es
macht sich ganz hübsch.

Ein glücklicher Fang.

Um zwei Uhr in der Nacht begab sich auf dem Dönhofsplatze zu Berlin Folgendes: Einem Keller gegenüber, der hell erleuchtet war und in dem Musik gemacht wurde, standen jenseits des Straßendammes ein paar große Feuertonnen, hinter denen sich drei Gensdarmen versteckt hatten.

An der Ecke der Jerusalemer= und der Krausen=straße standen ein Gensdarm und ein Polizeisergeant. An der Ecke der Jerusalemer= und der Leipzigerstraße hatten sich zwei bürgerlich gekleidete Männer aufge=stellt. Anderswo mochten noch mehrere Männer ver=borgen sein.

Die Laternen auf dem Platze und in den Straßen brannten dunkel; Platz und Straßen waren völlig still; man hörte kein anderes Geräusch, als die Musik, die dumpf aus dem Keller hervorkam, nicht einmal ein Schritt war sonst zu hören.

Die Glocke auf der Jerusalemerkirche schlug zwei.

Die beiden Männer an der Ecke der Leipziger=straße begannen ein leises Gespräch.

Hören Sie noch nichts, Schmidt?

Nein, Herr Polizeirath.

Er wird doch kommen?

Die Nachrichten meines Vigilanten lauteten be=stimmt.

Naht sich da hinten in der Leipzigerstraße nicht ein Schritt? Richtig er kommt hierher. Gehen wir et=was zurück.

Der Polizeirath und sein langer Gensdarm Schmidt

zogen sich hinter den Kellerhals an der Beckerschen
Weinhandlung zurück. Der Schritt in der Leipziger=
straße kam näher und wandte sich in die Jerusalemer=
straße. In der Nähe des erhellten Kellers hielt
er an.

Es war ein ziemlich großer Mensch, er ging lang=
sam, etwas schwerfällig.

So schritt er dicht vor den Fenstern des Kellers
dreimal auf und ab und fünf Schritte von dem Keller
blieb er dann stehen.

Er wird es sein, flüsterte der Polizeirath dem
Gensdarm Schmidt zu.

Er muß es sein, antwortete der Gensdarm.

Aus dem Keller kam Jemand hervor und stellte
sich zu dem großen Menschen, Beide schienen leise mit
einander zu sprechen, dann kam aus dem Keller ein
Zweiter zu ihnen und endlich ein Dritter.

Sie sind alle Vier beisammen, sagte der Polizei=
rath zu seinem langen Gensdarm. Auch die Andern
müssen sie sehen, geben wir ein Zeichen, daß sie von
allen Seiten auf sie losstürzen; der ganze Platz und
alle Straßen sind besetzt, entgehen können sie uns
nicht.

Er klatschte laut in die Hand und von allen Seiten flogen Polizeibeamte und Gensdarmen herbei.

Aber wie schnell sie flogen, drei von den vier Per=
sonen, die neben dem Keller beisammen standen, waren
dennoch schneller als sie. Sie entkamen alle Drei;
zwei von ihnen waren angehalten worden, hatten sich
aber mit der Kraft der Verzweiflung losgerissen. Der
Vierte wurde gefangen. Er hatte nicht einmal einen
Versuch gemacht, zu entfliehen, auch keine Anstalt, sich
zu vertheidigen. Teufel! fluchte er nur, als er sich
umringt sah.

Es war ein großer, schöner junger
einem sehr blassen Gesichte und mit einen
krausen Bart.

Ah! rief freudig überrascht der Polizeirath, der einer der ersten bei ihm angelangt war. Ein glückli= cher Fang! Wir haben die Hauptperson und die An= dern können uns nicht entgehen.

Meine Herren, was wollen Sie von mir? fragte verwundert der junge Mann.

Dich binden und zur Stadtvoigtei führen, Bursch, antwortete der Polizeirath.

Aber der Gensdarm Schmidt rief: Herr Polizei= rath, der braucht nicht mehr gebunden zu werden, dem ist die ganze linke Schulter hier verbunden.

Wahrhaftig! Aber desto besser; fort mit ihm zur Stadtvoigtei! —

12.

Ein sehr kurzes Kapitel.

Es war zwei Stunden später, auf der Nikolaikirche schlug es vier Uhr.

In der Thür, die aus der Remise des Molken= markts in die kleine Spreegasse führte, stand der große, finstere Gefangenwärter, wartend und unbeweglich, die Thür halb hinter sich angelehnt.

Die Glocke der Nikolaikirche schlug ein Viertel nach vier.

Er hat doch sonst nicht auf sich warten lassen, brummte der Gefangenwärter.

Es schlug halb fünf.

Das ist unbegreiflich, sagte der finstere Mann.

Es schlug drei Viertel auf fünf und auf dem Mol=
kenmarkte wurde es schon lebendig.

Es schlug fünf Uhr, in die kleine Gasse kamen
Leute; aber der, den der Gefangenwärter erwartete,
war nicht unter ihnen. — Er konnte nicht länger
warten. —

Er kommt nicht mehr. Nun einmal war ich dar=
auf gefaßt. Ich verliere zwar meinen Posten, und sie
werden mich auch wohl auf ein halbes Jahr einsper=
ren, denn sie können mir nur Nachlässigkeit beweisen.
Aber ich habe noch immer Profit. — Und wer weiß
auch? —

Mit diesen Worten ging er in die Thür zurück
und schloß sie hinter sich ab.

———

Ende der ersten Abtheilung.